हिन्द पॉकेट बुक्स

हिन्दी की श्रेष्ठ कहानियां

महेन्द्र कुलश्रेष्ठ जाने माने संपादक और अनुवादक थे। उन्होंने राजपाल एंड संस और हिन्द पॉकेट बुक्स में दशकों तक संपादन कार्य किया और इस दौरान हजारों पुस्तकें संपादित की। देश-विदेश के लेखकों की पुस्तकों का अनुवाद भी किया। बंगाली लेखकों की पुस्तकों को हिन्दी में लोकप्रिय बनाने का श्रेय आपको ही जाता है।

हिन्दी की श्रेष्ठ कहानियां

सं० महेन्द्र कुलश्रेष्ठ

हिन्द पॉकेट बुक्स
पेंगुइन रैंडम हाउस इम्प्रिंट

हिन्द पॉकेट बुक्स

यूएसए। कनाडा। यूके। आयरलैंड। ऑस्ट्रेलिया। सिंगापुर
न्यू ज़ीलैंड। भारत। दक्षिण अफ्रीका। चीन

हिन्द पॉकेट बुक्स, पेंगुइन रैंडम हाउस ग्रुप ऑफ़ कम्पनीज़ का हिस्सा है,
जिसका पता global.penguinrandomhouse.com पर मिलेगा

पेंगुइन रैंडम हाउस इंडिया प्रा. लि.,
चौथी मंजिल, कैपिटल टावर -1, एम जी रोड,
गुड़गांव 122 002, हरियाणा, भारत

पेंगुइन
रैंडम हाउस
इंडिया

प्रथम हिन्दी संस्करण हिन्द पॉकेट बुक्स द्वारा 1967 में प्रकाशित
यह हिन्दी संस्करण हिन्द पॉकेट बुक्स में पेंगुइन रैंडम हाउस द्वारा 2022 में प्रकाशित

10 9 8 7 6 5 4 3 2

ISBN 9789353496432

मुद्रकः रेप्रो इंडिया लिमिटेड

www.penguin.co.in

MIX
Paper from
responsible sources
FSC® C047271
FSC
www.fsc.org

This is a legitimate digitally printed version of the book and therefore might not
have certain extra finishing on the cover.

क्रम

एक ठहरा हुआ चाकू

—मोहन राकेश

अजीब बात थी कि खुद कमरे में होते हुए भी बाशी को कमरा खाली लग रहा था। उसे काफी देर हो गई थी कमरे में आए हुए—या शायद उतनी देर नहीं हुई थी जितनी कि उसे लग रही थी। वक्त उसके लिए दो तरह से बीत रहा था—जल्दी भी और आहिस्ता भी...उसे, दरअसल, वक्त का ठीक अहसास हो नहीं रहा था।

कमरे में कुछ-एक कुरसियां थीं—लकड़ी की। वैसी ही जैसी सब पुलिस-स्टेशनों पर होती हैं। कुरसियों के बीचोबीच एक मेज़नुमा तिपाई थी जोकि कुहनी ऊपर रखते ही भूलने लगती थी। आठ फुट और आठ फुट का वह कमरा इनसे पूरा घिरा हुआ था। टूटे पलस्तर की दीवारें कुरसियों से लगभग सटी हुई जान पड़ती थीं। शुक्र था कि कमरे में दरवाज़े के अलावा एक खिड़की भी थी।

बाहर अहाते में बार-बार चरमराते जूतों की आवाज़ सुनाई देती थी—यही वह सब-इन्स्पेक्टर था जो उसे कमरे के अन्दर छोड़ गया था। उस आदमी का चेहरा आंखों से दूर होते ही भूल जाता था, पर सामने आने पर फिर एकाएक याद हो आता था। कल से आज तक वह कम से कम बीस बार उसे भूल चुका था।

उसने सुलगाने के लिए सिगरेट जेब से निकाला, पर यह देखकर कि उसके पैरों के पास पहले ही काफी टुकड़े जमा हो चुके हैं, उसे वापस

जेब में रख लिया। कमरे में एक एश-ट्रे का न होना उसे शुरू से ही अखर रहा था। इस वजह से वह एक भी सिगरेट आराम से नहीं पी सका था। पहला सिगरेट पीते हुए उसने सोचा था कि पीकर टुकड़ा खिड़की से बाहर फेंक देगा। पर उधर जाकर देखा कि खिड़की के ठीक नीचे एक चारपाई बिछी है जिसपर लेटे या बैठे हुए दो-एक कान्स्टेबल अपना आराम का वक्त बिता रहे हैं। उसके बाद फिर दूसरी बार वह खिड़की के नज़दीक नहीं गया।

अकेले कमरे में वक्त बिताने के लिए सिगरेट पीने के अलावा भी जो कुछ किया जा सकता था, वह कर चुका था। जितनी कुरसियां थीं, उनमें से प्रायः हरएक पर एक-एक बार बैठ चुका था। उनके इर्द-गिर्द चहलकदमी कर चुका था। दीवारों का पलस्तर दो-एक जगह से उखाड़ चुका था। मेज़ पर एक बार पेंसिल से और न जाने कितनी बार उंगली से अपना नाम लिख चुका था। एक ही काम था जो उसने नहीं किया था—वह था दीवार पर लगी क्वीन विक्टोरिया की तसवीर को थोड़ा तिरछा कर देना। बाहर अहाते से लगातार जूते की चरमर सुनाई न दे रही होती, तो उसने अब तक यह भी कर दिया होता।

उसने अपनी नब्ज़ पर हाथ रखकर देखा कि वह बहुत तेज़ तो नहीं चल रही। फिर एकाएक हाथ हटा लिया—जैसेकि किसीने उसे ऐसा करते देख लिया हो।

उसे लग रहा था कि वह थक गया है और उसे नींद आ रही है। रात को उसे ठीक से नींद नहीं आई थी। ठीक से क्या, शायद बिलकुल ही नहीं आई थी। या शायद नींद में भी उसे लगता रहा था कि वह जाग रहा है। उसने बहुत कोशिश की थी कि जागने की बात भूलकर किसी तरह सो सके—पर इस कोशिश में ही पूरी रात निकल गई थी।

उसने जेव से पेंसिल निकाल ली और बाएं हाथ पर अपना नाम लिखने लगा—बाशी, बाशी, बाशी। सुभाष, सुभाष, सुभाष।

आज सुबह यह नाम प्रायः सभी अखबारों में था। रोज़ के अखबार के अलावा उसने तीन-चार अखबार और भी खरीदे थे। किसी अखबार

में दो इंच में खबर दी गई थी, किसीमें दो कालम में। दो कालम में खबर देनेवाला रिपोर्टर उसका परिचित था। वह अगर उसका परिचित न होता, तो शायद...

वह अब अपनी हथेली पर दूसरा नाम लिखने लगा—वह नाम जो उसके नाम के साथ अखबारों में छपा था—नत्थासिंह, नत्थासिंह, नत्थासिंह।

यह नाम लिखते हुए उसकी हथेली पर पसीना आ गया। उसने पेंसिल रखकर हथेली को मेज़ से पोंछ लिया।

जूते की चरमर दरवाज़े के पास आ गई। सब-इन्स्पेक्टर ने एक बार अन्दर झांककर पूछ लिया, "आपको किसी चीज़ की ज़रूरत तो नहीं !"

"नहीं," उसने सिर हिला दिया। उसे तब ऐश-ट्रे का ध्यान नहीं आया।

"पानी-पानी की ज़रूरत हो, तो मांग लीजिएगा !"

उसने फिर सिर हिला दिया—कि ज़रूरत होगी, तो मांग लूंगा। साथ पूछ लिया, "अभी और कितनी देर लगेगी !"

"अब ज़्यादा देर नहीं लगेगी," सब-इन्स्पेक्टर ने दरवाज़े के पास से हटते हुए कहा, "बस पन्द्रह-बीस मिनट में ही उसे ले आएंगे !"

इतना ही वक्त उसे तब भी बताया गया था जब उसे उस कमरे में लाया गया था। तब से अब तक क्या वक्त बीता ही नहीं था ?

जूते के अन्दर, दाएं पैर के तलवे में खुजली हो रही थी। जूता खोलकर एक बार अच्छी तरह खुजला लेने की बात वह कितनी ही बार मन में सोच चुका था। पर हाथ दो-एक बार नीचे झुकाकर भी उससे तस्मा खोलते नहीं बना था। उस पैर को दूसरे पैर से दबाए वह सिर्फ जूते को ज़मीन पर रगड़कर रह गया था।

उसके हाथ की पेंसिल फिर चल रही थी। उसने अपनी हथेली को देखा। दोनों नामों के ऊपर उसने बड़े-बड़े अक्षरों में लिख दिया था—अगर।

अगर...।

अगर कल सुबह वह स्कूटर की बजाय बस से आया होता...।

अगर बर्फ खरीदने के लिए उसने स्कूटर को दायरे के पास न रोका होता...।

अगर...।

उसने जूते को फिर ज़मीन पर रगड़ लिया। उसकी आंखों के सामने मिन्नी का चेहरा आने लगा। अगर कल वह मिन्नी से न मिला होता...।

वह, जो कभी सुबह नौ बजे से पहले नहीं उठता था, सिर्फ मिन्नी की वजह से ही तो उन दिनों सुबह छह बजे तैयार होकर घर से निकल जाता था। मिन्नी ने मिलने की जगह भी क्या तय की थी—अजमेरी गेट के अन्दर हलवाई की एक दुकान ! जिस प्राइवेट कालेज में वह पढ़ने आती थी, उसके आसपास बैठने लायक और कोई जगह थी भी नहीं। एक दिन वह उसे जामा मस्जिद ले गया था-कि वहां के किसी होटल में बैठेंगे। पर उतनी सुबह किसी होटल का दरवाज़ा नहीं खुला था। आखिर मेहतरों की उड़ाई धूल से सिर-मुंह बचाते वे उसी दुकान पर लौट आए थे। दुकान के अंदर पन्द्रह-बीस मेजें लगी रहती थीं। सुबह-सुबह ही लस्सी-पूरी का नाश्ता करनेवाले लोग वहां जमा हो जाते थे। उनमें से बहुत-से तो उन्हें पहचानने भी लगे थे—कि रोज़ वे कोने की मेज़ लेकर वहां घण्टा-घण्टा-भर बैठे रहते हैं। मिन्नी अपने लिए सिर्फ कोकाकोला की बोतल मंगवाकर सामने रख लेती थी—पीती वह भी नहीं थी। लस्सी-पूरी का आर्डर उसे अपने लिए देना पड़ता था। जल्दी खाने की आदत के कारण सामने का पत्ता दो मिनट में ही साफ हो जाता था। मिन्नी कई बार दो-दो पीरियड गोल कर देती थी, इसलिए वहां बैठने के लिए उसे और-और पूरी मंगवाकर खाते रहना पड़ता था। उससे सुबह-सुबह उतना नहीं खाया जाता था, पर चुपचाप कौर निगलते जाने के सिवा कोई चारा भी नहीं रहता था। मिन्नी जब देखती कि खा-खाकर उसकी हालत खस्ता हो रही है, तो कहती कि कुछ देर पास की गलियों में घूम लिया जाए। सड़क पर वे नहीं घूम सकते थे क्योंकि कालेज की दूसरी लड़कियां वहां आती-जाती रहती थीं। हलवाई की दुकान के साथ ही गली अन्दर को

मुड़ती थी—उससे आगे गलियों की लम्बी भूलभुलैया थी जिसमें वे किसी भी तरफ़ को निकल जाते थे। जब चलते-चलते सामने सड़क का मुहाना नज़र आ जाता, तो वहीं से वे लौट पड़ते थे।

"इस इतवार को कोई देखने आने वाला है," उस दिन मिन्नी ने कहा था।

"कौन आने वाला है !"

"कोई है–खाटमण्डू से आया है। दस दिन में हो शादी करके लौट जाना चाहता है !"

"फिर !"

"फिर कुछ नहीं। आएगा, तो मैं उससे सब साफ-साफ कह दूंगी !"

"क्या कह दोगी !"

"यह तुम क्यों पूछते हो ? तुम्हें पूछने की ज़रूरत नहीं !"

"अगर उस वक्त तुम्हारी ज़बान न खुल सकी, तो !"

"तो समझ लेना कि ऐसे ही बेकार की एक लड़की थी...जो इस लायक थी ही नहीं कि तुम उससे किसी तरह को रास्त रखते !"

"पर तुमने पहले ही घर में क्यों नहीं कह दिया !"

"यह तुम जानते हो कि मैंने नहीं कहा !" कहते हुए मिन्नी ने उसकी उंगलियां अपनी उंगलियों में ले ली थीं। "अभी तो तुम दूसरे के घर में रहते हो। जब तुम अपना घर ले लोगे, तो मैं...तब तक ग्रेजुएट भी हो जाऊंगी !"

एक बहते नल का पानी गली में यहां से वहां तक फैला था। बचने की कोशिश करने पर भी दोनों के जूते कीचड़ से लथपथ हो गए थे। एक जगह उसका पांव फिसला, तो मिन्नी ने उसे बांह से पकड़कर संभाल लिया। कहा, "ठीक से देखकर नहीं चलते न, पता नहीं, अकेले रहकर कैसे अपनी देखभाल करते हो !"

अगर...।

अगर मिन्नी ने यह न कहा होता, तो वह उतना खुश-खुश न लौटता।

उस हालत में ज़रूर स्कूटर के पैसे बचाकर बस से आया होता।

अगर घर के पास के दायरे में पहुंचने तक उसे प्यास न लग आई होती... !

उसने स्कूटर को वहां रोक लिया था—कि दस पैसे की बर्फ खरीद ले। महीना जुलाई का था, फिर भी उसे दिन-भर प्यास लगती रहती थी। दिन में कई-कई बार वह बर्फ खरीदने वहां आता था। दुकानदार उसे दूर से देखकर ही पेटी खोल लेता था और बर्फ तोड़ने लगता था।

पर तब तक बर्फ की दुकान अभी खुली नहीं थी।

बर्फ खरीदने के लिए उसने जो पैसे जेब से निकाले थे, उन्हें हाथ में लिए वह स्कूटर के पास लौटकर आया, तो एक और आदमी उसमें बैठ चुका था। वह पास पहुंचा, तो स्कूटरवाले ने उसकी तरफ़ हाथ बढ़ा दिया—जैसेकि वह वहां उतरकर स्कूटर खाली कर चुका हो।

"स्कूटर अभी खाली नहीं है," उसने स्कूटरवाले से न कहकर अन्दर बैठे आदमी से कहा।

"खाली नहीं से मतलब !" उस आदमी का चेहरा सहसा तमतमा उठा। वह एक लम्बा-तगड़ा सरदार था—लुंगी और मलमल का कुरता पहने। लम्बा शायद उतना नहीं था, पर तगड़ा होने से लम्बा भी लग रहा था।

"मतलब कि मैंने अभी इसे खाली नहीं किया है !"

"खाली नहीं किया, तो मैं अभी कराऊं तुझसे खाली !" कहते हुए सरदार ने दांत भींच लिए, "जल्दी से उसके पैसे दे, और अपना रास्ता देख, वरना... !"

"वरना क्या होगा !"

"बताऊं तुझे क्या होगा !" कहते हुए सरदार ने उसे कॉलर से पकड़कर अपनी तरफ़ खींच लिया और उसके मुंह पर एक झापड़ दे मारा—"यह होगा। अब आया समझ में ? दे जल्दी से उसके पैसे और दफा हो यहां से !"

उसका खून खौल गया—कि एक आदमी, जिसे कि वह जानता

तक नहीं, भरे बाज़ार में उसके मुंह पर थप्पड़ मारकर उससे दफा होने को कह रहा है ! उसका चश्मा नीचे गिर गया था। उसे ढूंढ़ते हुए उसने कहा, "सरदार, ज़रा ज़बान संभालकर बात कर !"

"क्या कहा ? ज़बान संभालकर बात करूं ? हरामज़ादे, तुझे पता है मैं कौन हूं !" जब तक उसने आंखों पर चश्मा लगाया, सरदार स्कूटर से नीचे उतर आया था। उसका एक हाथ कुरते की जेब में था।

"तू जो भी है, इस तरह की बदतमीज़ी करने का तुझे कोई हक नहीं," कहते न कहते उसने देखा कि सरदार की जेब से निकलकर एक चाकू उसके सामने खुल गया है। "तू अगर समझता है कि..." यह वाक्य वह पूरा नहीं कर पाया। खुले चाकू की चमक से उसकी ज़बान और छाती सहसा जकड़ गई। उसके हाथ के पैसे वहीं गिर गए और वह वहां से भाग खड़ा हुआ।

"ठहर मादर...अब जा कहां रहा है !" उसने पीछे से सुना।

"पैसे साहब !" यह आवाज़ स्कूटरवाले की थी।

उसने जेब में हाथ डाला और जितने सिक्के हाथ में आए निकालकर सड़क पर फेंक दिए। पीछे मुड़कर नहीं देखा। घर की गली बिलकुल सामने थी, पर उस तरफ न जाकर वह जाने किस तरफ को मुड़ गया। कहां तक और कितनी देर तक भागता रहा, इसका उसे होश नहीं रहा। जब होश हुआ, तो वह एक अपरिचित मकान के ज़ीने में खड़ा हांफ रहा था।

उसने पेंसिल हाथ से रख दी और हथेली पर बने शब्दों को अंगूठे से मल दिया। तब तक न जाने कितने शब्द और वहां लिखे गए थे जो पढ़े भी नहीं जा रहे थे। सब मिलाकर आड़ी-तिरछी लकीरों का एक गुंझल था जो मल दिए जाने पर भी पूरी तरह मिटा नहीं। हथेली सामने किए वह कुछ देर उस अधबुझे गुंझल को देखता रहा। हर लकीर का नोक-नुक्ता कहीं से बाकी था। उसने सोचा कि वहां कहीं एक वाश-बेसिन होता, तो वह दोनों हाथों को अच्छी तरह मलकर धो लेता।

"हलो... !"

उसने सिर उठाकर देखा। महेन्द्र, जिसके यहां वह रहता था, और वह रिपोर्टर जिसने दो कालम में खबर दी थी, उसके सामने खड़े थे। सब-इन्स्पेक्टर के जूते की चरमर दरवाज़े से दूर चली गई थी।

"तुम इस तरह बुझे-से क्यों बैठे हो!" महेन्द्र ने पूछा।

"नहीं तो," उसने कहा और मुसकराने की कोशिश की।

"ये लोग उसे लॉक-अप से यहां ले आए हैं। अभी थोड़ी देर में उसे शनाख्त के लिए इधर लाएंगे!"

उसने सिर हिलाया। वह अब भी वाश-बेसिन की बात सोच रहा था।

"थानेदार बता रहा था कि सुबह-सुबह इन्होंने उसके घर जाकर उसे पकड़ा है। ये लोग कब से उसके पीछे थे—पर पकड़ने का कोई मौका ही इन्हें नहीं मिल रहा था। कोई भला आदमी उसकी रिपोर्ट ही नहीं करता था!"

उसने अब सिर भी नहीं हिलाया और फिर मुसकराने की कोशिश की। पेंसिल उसने मेज़ से उठाकर जेब में डाल ली।

"मैं आज फिर अखबार में ख़बर दूंगा," रिपोर्टर बोला, "जब तक इस आदमी को सज़ा नहीं हो जाती, हम इसका पीछा नहीं छोड़ेंगे!"

उसे लगा कि उसके कान गरम होते जा रहे हैं। उसने हलके से एक कान को सहला लिया।

"तय हुआ है," महेन्द्र ने कहा, "कि उसे साथ लिए हुए चार सिपाही अहाते में दाईं तरफ आएंगे और बाईं तरफ से निकल जाएंगे। उसे यह पता नहीं चलने दिया जाएगा कि तुम यहां हो। तुम यहाँ बैठे-बैठे उसे देख लेना और बाद में बता देना कि हां, ठीक यही आदमी है जिसने तुम पर चाकू चलाना चाहा था। वह थानेदार के सामने इतना तो मान गया है कि कल उसने स्कूटर को लेकर झगड़ा किया था, पर चाकू निकालने की बात अभी नहीं माना। कहता है कि चाकू-आकू तो उसके पास होता ही नहीं—उसके दुश्मनों ने खामख़ाह उसे फंसाने के लिए रिपोर्ट लिखवा दी है। यह भी कह रहा था कि वह तो अब इस इलाके में रहना ही नहीं

चाहता—दो-एक चल रहे मुक़दमों का फैसला हो जाए, तो वह इस इलाके को छोड़कर चला जाएगा !"

वह कुछ देर क्वीन विक्टोरिया की तसवीर की तरफ देखता रहा। फिर अपनी उंगलियों को मसलता हुआ आहिस्ता से बोला "मेरे खयाल में हमें रिपोर्ट नहीं लिखवानी चाहिए थी !"

"यह तुम फिर वही बुज़दिली की बात करने लगे !" महेन्द्र थोड़ा तेज़ हुआ, "तुम चाहते हो कि ऐसे आदमो को गुण्डागर्दी की खुली छूट मिली रहे !"

उसकी आंखें तसवीर से हटकर पल-भर महेन्द्र के चेहरे पर टिकी रहीं। उसे लगा कि जो बात वह कहना चाहता है, वह शब्दों में नहीं कही जा सकती।

"आपको डर लग रहा है !" रिपोर्टर ने पूछा।

"बात डर की नहीं... !"

"तो और क्या बात है !" महेन्द्र फिर बोल उठा, "तुम कल भी रिपोर्ट लिखवाने में आना-कानी कर रहे थे... !"

"मैंने यह बात भी आज अखबार में लिख दी है," रिपोर्टर ने कहा और इतमीनान से सिगरेट सुलगा लिया।

"खैर रिपोर्ट तो अब हो ही गई है और वह आदमी गिरफ्तार भी हो गया है," महेन्द्र बोला, "तुम्हें डरने की ज़रूरत नहीं। इतने लोग तुम्हारे साथ हैं !"

"मैं तो समझता हूं कि गुण्डागर्दी को रोकने में आदमी की जान भी चली जाए, तो उसे परवाह नहीं करनी चाहिए," रिपोर्टर ने कश खींचते हुए कहा, "इन लोगों के हौसले इतने बढ़ते जा रहे हैं, कि ये किसीको कुछ समझते ही नहीं। पिछले दो साल में ही गुण्डागर्दी की घटनाएं पहले से पौने तीन गुना हो गई हैं—यानी एक सो पचहत्तर फीसदी ज़्यादा। अगर अब भी इनकी रोकथाम न की गई तो पांच साल में आदमी के लिए घर में बैठना मुश्किल हो जाएगा !"

रिपोर्टर के सिगरेट की राख उसके घुटने पर आ गिरी। उसने हलके से उसे झाड़ दिया और बाहर की तरफ देखने लगा।

"ये लोग अब उसके घर चाकू तलाश करने गए हैं," महेन्द्र दोनों जेबों में हाथ डाले चलने के लिए तैयार होकर बोला, "हो सकता है, तुमसे चाकू की शनाख्त के लिए भी कहा जाए !"

"चाकू की शनाख्त कैसे होगी !" उसने उसी आहिस्ता स्वर में पूछ लिया।

"कैसे होगी !" महेन्द्र फिर उत्तेजित हो उठा, "देखकर कह देना होगा कि हां, यही चाकू है—और शनाख्त कैसे होती है !"

"पर मैंने तो चाकू ठीक से देखा भी नहीं था !"

"नहीं देखा था, तो अब देख लेना। हम थोड़ी देर में फोन करके यहां से पता कर लेंगे। तुम यहां से निकलकर सीधे घर चले जाना और रात को मेरे लौटने तक घर पर ही रहना !"

वे लोग चले गए, तो कमरा उसे फिर खाली लगने लगा—बिलकुल खाली—जिसमें कि वह ख़ुद भी जैसे नहीं था। सिर्फ कुरसियां और दीवारें थीं और एक खुला दरवाज़ा...बाहर जूते की चरमर अब सुनाई नहीं दे रही थी।

"सुनो..." उसे लगा जैसे उसने मिन्नी की आवाज़ सुनी हो। उसने आस-पास देखा। पर मिन्नी या और कोई भी वहां नहीं था। सिर्फ़ सिर के ऊपर घूमता हुआ पंखा आवाज़ कर रहा था। उसे हैरानी हुई कि अब तक उसे इस आवाज़ का अहसास क्यों नहीं हुआ। उसे तो यह भी पता नहीं चला कि कमरे में पंखा भी है।

सिर कुरसी की पीठ से टिकाकर वह पंखे की तरफ देखने लगा–उस तेज़ रफ्तार में अलग-अलग परों को पहचानने की कोशिश करता हुआ। उसे खयाल आया कि उसके बाल बुरी तरह उलझ रहे हैं और वह सुबह से नहाया नहीं है। सुबह से ही नहीं, कल सुबह से...।

कल दिन-भर वे लोग स्कूटरों और टैक्सियों में घूमते रहे थे। वह और महेन्द्र। घर पहुंचकर उसने महेन्द्र को उस घटना के विषय में बतलाया, तो वह तुरन्त ही उस सम्बन्ध में 'कुछ करने' को उतावला हो उठा। पहले उन्होंने दायरे के पास जाकर पूछताछ की। वहां कोई भी कुछ

बतलाने को तैयार नहीं था। जो मोची दायरे के पास बैठा था, वह सिर झुकाए चुपचाप हाथ के जूते को सीता रहा। उसने कहा कि वह घटना के समय वहां था ही नहीं—नल पर पानी पीने गया था। और भी जिस-जिससे पूछा, उसने सिर हिलाकर मना कर दिया कि वह उस आदमी के बारे में कुछ नहीं जानता। सिर्फ मेडिकल स्टोर के इंचार्ज ने दबी आवाज़ में कहा, "नत्थासिंह को यहां कौन नहीं जानता ? अभी कुछ ही दिन पहले उसके आदमियों ने पिछली गली में एक पानवालेका कत्ल किया था। वे तीन-चार भाई हैं और इस इलाके के माने हुए गुण्डे हैं। खैरियत समझिए कि आपकी जान बच गई, वरना हममें से तो किसीको इसकी उम्मीद नहीं रही थी। अब बेहतरी इसी में है कि आप इस चीज़ को चुपचाप पी जाएं और बात को ज़्यादा बिखरने न दें। यहां आपको एक भी आदमी ऐसा नहीं मिलेगा, जो उसके खिलाफ गवाही देने को तैयार हो। अगर आप पुलिस में रिपोर्ट करें और पुलिस यहां तहकीकात के लिए आए, तो सब लोग साफ मुकर जाएंगे और कहेंगे कि यहां पर ऐसा कुछ हुआ ही नहीं !"

पर महेन्द्र का कहना था कि रिपोर्ट हम ज़रूर करेंगे—ऐसे आदमी को सज़ा दिलवाए बग़ैर नहीं छोड़ा जा सकता।

थाने में रिपोर्ट लिखवाते समय थानेदार ने कहा, "हां, हां, रिपोर्ट आपको ज़रूर लिखवानी चाहिए। इन गुण्डों से मत्था लेने में यूं थोड़ा-बहुत खतरा तो रहता ही है—अगर और कुछ न करें, तो आपपर एसिड-वेसिड डालने की कोशिश कर सकते हैं—ऐसा उन्होंने दो-एक बार किया भी है। पर हम आपकी हिफाज़त के लिए हैं, आपको डरना नहीं चाहिए। एक अच्छे शहरी होने के नाते आपका फर्ज़ बनता है कि आप इसकी रिपोर्ट ज़रूर लिखवाएं। हम लोगों को भी तो इनके खिलाफ कार्रवाही करने का मौका इसी तरह मिल सकता है !"

रिपोर्ट लिखवाने के बाद वे लोग अखबारों के दफ्तरों में गए—एस०पी० और डी० एस० पी० से मिले। उस दौरान कई बातों का पता चला—कि उस आदमी का मुख्य धन्धा लड़कियों की दलाली करना है—कि ऊंचे सरकारी हलके के अमुक-अमुक लोगों के यहां वह

लड़कियां सप्लाई करता है—कि उसकी जितनी भी रिपोटें की जाएं, कभी उसके खिलाफ कार्यवाही नहीं की जाती—कि नीचे से अमुक-अमुक लोग उससे पैसे खाते हैं—कि नीचे से कार्यवाही कर भी दी जाए, तो ऊपर से अमुक-अमुक का फोन आ जाता है जिससे कार्यवाही वापस ले ली जाती है...।

"वह तो बेचारा सिर्फ दलाली करता है," डी० एस० पो० ने ज़रूरी फाइलों पर दस्तखत करते हुए कहा, "कत्ल-अत्ल करने का उसका हौसला नहीं पड़ सकता। हम उसके खिलाफ कार्यवाही करेंगे—आपको डरना बिलकुल नहीं चाहिए !"

अखबारों के चीफ-क्राइम रिपोर्टर ने तीस हज़ारी कैण्टीन की ठंडी चाय के लिए छोकरे को डांट-फटकार करते हए सलाह दी, "आप पहला काम यही कीजिए कि जाकर अपनी रिपोर्ट वापस ले लीजिए। थानेदार मेरा वाक़िफ है, आप चाहें तो उससे मेरा नाम ले सकते हैं—कि पण्डित माधोप्रसाद ने यह राय दी है। वह अकेला आदमी नहीं है, एक बहुत बड़ा गिरोह उसके साथ है। हम लोग इनसे जूझ लेते हैं क्योंकि एक तो हम इन सबको पहचानते हैं और दूसरे, हिफाज़त के लिए रिवॉल्वर-आल्वर अपने साथ रखते हैं। ये लोग भी जानते हैं कि जितने बड़े गुण्डे ये दूसरों के लिए हैं, उतने हो बड़े गुण्डे हम इनके लिए हैं। इसलिए हमसे डरते भी हैं। पर आप-जैसे आदमी को तो ये एक दिन में साफ कर देंगे—आपको इनसे बचकर ही रहना चाहिए... !"

अपनी अनेक राजनीतिक व्यस्तताओं से समय निकालकर उस विभाग के मन्त्री ने भी अपने लॉन में चहलकदमी करते हुए शाम को एक मिनट उनसे बात की। छूटते ही पूछा, "किस चीज़ की अदावत थी तुम लोगों में !"

"अदावत का तो कोई सवाल ही नहीं था," वह जल्दी-जल्दी कहने लगा, "मैं सुबह स्कूटर में घर की तरफ आ रहा था... !"

"तुम अपनी शिकायत एक कागज़ पर लिखकर सेक्रेटरी को दे दो," उन्होंने बीच में ही कहा, "उसपर जो कार्यवाही करनी होगी; कर दी

जाएगी !" और लॉन में खड़े दूसरे ग्रुप की तरफ मुड़ गए। रात को घर लौटने तक उसे अपने हाथ-पैर ठण्डे लग रहे थे, पर महेन्द्र का उत्साह कम नहीं हुआ था। वह आधी रात तक इधर-उधर फोन करके तरह-तरह के आंकड़े जमा करता रहा। "उसे कम से कम तीन साल की सज़ा होनी चाहिए," उसने सोने तक आंकड़ों के आधार पर निष्कर्ष निकाल लिया।

महेन्द्र के सो जाने के बाद वह काफी देर साथ के कमरे से आती सांसों की आवाज़ सुनता रहा था—उस आवाज़ में उतना सुरक्षा का अहसास उसे पहले कभी नहीं हुआ था। वह आवाज़—एक जीवित आवाज़—उसके बहुत पास थी और लगातार चल रही थी। जितनी जीवित वह आवाज़ थी, उतना ही जीवित था उसे सुन सकना—चुपचाप लेटे हुए, बिना किसी कोशिश के, अपने कानों से सून सकना। गरमी और उमस के बावजूद रात ठंडी थी—कुछ देर पहले से हलकी-हलकी बूंदें पड़ने लगी थीं। कभी-कभी उसे सन्देह होता कि जो आवाज़ वह सुन रहा है, वह रात की ही तो आवाज़ नहीं—सिर्फ पत्तों के हिलने और बूंदों के गिरने की आवाज़। कि सुनना भी कहीं सुनना न होकर अपने से बाहर का कोरा शब्द ही तो नहीं। तब वह करवट बदलकर अपने हाथ-पैरों का 'होना' महसूस करता और फिर से सांसों का शब्द सुनने लगता...।

खिड़की से कभी-कभी हवा का झोंका आ जाता जिससे रोंगटे सिहर जाते थे। उस सिहरन में हवा के स्पर्श के अतिरिक्त भी कुछ महसूस होता—शायद रोंगटों में अपने अस्तित्व की अनुभूति। एक झोंके के बीत जाने पर वह दूसरे झोंके की प्रतीक्षा करता, जिससे कि फिर से उस स्पर्श और सिहरन को अपने में महसूस कर सके। उस सिहरन के बाद, उसे अपना हाथ खाली-खाली-सा लगता। मन होता कि हाथ में कसने के लिए एक और हाथ उसके पास हो—मिन्नी का पहली और चुभती-सी उंगलियों वाला हाथ। कि हाथ के अलावा मिन्नी का पूरा शरीर भी वहीं पास में हो—इकहरा, पर भरा हुआ शरीर—जिसके एक-एक हिस्से से अपने सिर और होंठों को रगड़ता हुआ वह अपने नाक-कान-गालों से उसकी सांसों का शब्द ही नहीं, उतार-चढ़ाव भी महसूस कर सके।

पर मिन्नी वहां नहीं थी—और उसके हाथ ही नहीं, पूरा अपना-आप खाली था। उसकी आंखें दर्द कर रही थीं और कनपटियों की नसें फड़क रही थीं। अगर वह रात रात न होकर सुबह होती—एक दिन पहले की सुबह...वह अभी मिन्नी से बात करके उससे अलग न हुआ होता और स्टैण्ड पर आकर अभी स्कूटर में न बैठा होता... !

कोई चीज़ हलक में चुभ रही थी—एक नोक-सी। वह बार-बार थूक निगलकर उस चुभन को मिटा लेना चाहता, पर वह मिट न पाती। कभी-कभी उसे लगता कि किसी हाथ ने उसका गला दबोच रखा है और यह चुभन गले पर कसते नाखूनों की चुभन है। तब वह जैसे अपने को उन हाथों से छुड़ाने के लिए छटपटाने लगता। उसे अपने अन्दर से एक हौलनाक-सी आवाज़ सुनाई देती—अपनी तेज़ चलती सांसों की आवाज़। रात तब दिन में और कमरा सड़क में घुल-मिल जाता और वह अपने को फूली सांस और अकड़ी पिण्डलियों से बेतहाशा सड़क पर भागते पाता। सड़क है—सिर्फ सलेटी सड़क—जिसका कोलतार जहां-तहां से उभर आया है। उसपर जैसे उससे आगे-आगे, दो पैर हैं—उसके अपने ही पैर। जूते के फीते खुले हैं। पतलून के पांयचे जूते में अटक जाना चाहते हैं। पर वह सरपट भाग रहा है—जैसेकि जूते और पांयचों के ऊपर-ऊपर से। आगे एक-दूसरे में गडमड हुए मकान, हैं, नालियां हैं, लोग हैं। सब उसके रास्ते में हैं—पर कोई भी, कुछ भी, उसके रास्ते में नहीं। सिर्फ सड़क है, वह है, और भागना है... ।

आंख खुल जाती, तो बाहर बिजली चमकती दिखाई देती। आंख फिर मुंद जाती, तो कोई चीज़ अन्दर से कौंधने लगती...एक ज़ीने की सीढ़ियों ने उसे रस्सियों की तरह लपेट रखा है। एक तेज़ धार का चाकू उन रस्सियों को काटता आ रहा है। चाकू के पास आने से पहले ही उसकी धार की चमक जैसे शरीर में खुभने लगती है। यह उसकी पीठ है...पीठ नहीं छाती है। चाकू की नोक सीधी उसकी छाती की तरफ...नहीं, गले की तरफ...आ रही है। वह उस नोक से बचने के लिए अपना सिर पीछे हटा रहा है ...पर पीछे आसमान नहीं, दीवार है। वह कोशिश कर रहा है कि उसका सिर दीवार में गड़ जाए...दीवार के अन्दर खो जाए। पर दीवार दीवार नहीं,

रस्सियों का जाल है, और जाल के उस तरफ...वही चाकू की नोक है। जाल टूट रहा है। सीढ़ियां उसके पैरों के नीचे से फिसल रही हैं। क्या वह किसी तरह सीढ़ियों में—रस्सियों में—उलझकर अपने को नहीं बचा सकता ?

आंख फिर खुल जाती, तो उसे गले में तीखी प्यास महसूस होती। पर जब तक वह उठने और पानी पीने की बात सोचता, तब तक आंख फिर लग जाती।

चाप् चाप् चाप्...।

जूते की आवाज़ फिर दरवाज़े के पास आ गई। वह कुरसी पर सीधा हो गया।

"आप तैयार हैं !" सब-इन्स्पेक्टर ने अन्दर आकर पूछा।

उसने सिर हिलाया। उसे लग रहा था कि रात से अब तक उसने पानी नहीं पिया।

"तो अपनी कुरसी ज़रा तिरछी कर लीजिए और बाहर की तरफ देखते रहिए। हम अभी उसे लेकर आ रहे हैं," कहकर सब इन्स्पेक्टर चला गया।

चाप् चाप् चाप्।

उसे लगा कि उसके हाथों की उंगलियां कांप रही हैं—ऐसे जैसे कि वे हाथों से ठीक से जुड़ी न हों।

साथ के कमरे में एक आदमी रो रहा था—उससे धौल-धप्पे से कोई चीज़ कबूल करवाई जा रही थी।

क्वीन विक्टोरिया की तसवीर जैसे दीवार से थोड़ा अलग हट आई थी-उसके और ज़मीन के बीच का फासला भी अब पहले जितना नहीं लग रहा था।

चाप् चाप् चाप्—अब यह कई पैरों की मिल-जुली आवाज़ थी। साथ के कमरे में पिटाई उसी तरह चल रही थी: "बोल हरामज़ादे किस रास्ते से तू घुसा था घर के अन्दर !" और इसके जवाब में आती आवाज : "नहीं, मैं नहीं घुसा था। मैं तो उस घर की तरफ गया भी नहीं था... !"

वे लोग कमरे के बाहर आ गए थे, और उनके बीच में वही सरदार—उसी तरह लुंगी लगाए और मलमल का लम्बा कुरता पहने। उसके हाथ हथकड़ी के बावजूद बंधे हुए नहीं लग रहे थे।

उसे पल-भर के लिए लगा जैसे उसे उस आदमी का नाम भूल गया हो। कल दिन में कितनी ही बार, कितने लोगों के मुंह से, वह नाम सुना था। जिस किसीसे बात हुई थी, वह उस आदमी को पहले से ही जानता था। अभी कुछ देर पहले वह नाम उसने अपनी हथेली पर लिखा था। क्या नाम था वह ?

दरवाज़े के पास आकर वे लोग रुक गए थे—जैसे किसी चीज़ का पता करने के लिए। थानेदार और सब-इन्स्पेक्टर में से कोई उनके साथ नहीं था।

"कहां चलना है ? इस तरफ !" कहता हुआ सरदार उसी दरवाज़े की तरफ़ बढ़ आया। अब वे दोनों आमने-सामने थे। चारों सिपाही पीछे चुपचाप खड़े थे।

उसे अचानक नाम याद हो आया। नत्थासिंह। सुबह प्रायः सभी अखबारों में उसने वह नाम पढ़ा था। तब उसे उसकी सूरत याद नहीं आ रही थी। सोच रहा था कि वह उसे देखकर पहचान भी पाएगा या नहीं। पर अब वह सामने था, तो उसकी सूरत बहुत पहचानी हुई लग रही थी। जैसेकि वह उसे एक मुद्दत से जानता हो।

वह आदमी सीधी नज़र से उसकी तरफ़ देख रहा था—जैसे-कि उसका चेहरा आंखों में बिठा लेना चाहता हो। पर वह अपनी आंखें हटाकर दूसरी तरफ देखने की कोशिश कर रहा था—खिड़की की तरफ। खिड़की के बाहर एक पेड़ के पत्ते हिल रहे थे। पेड़ की डाल पर एक कौआ पंख फड़फड़ा रहा था।

वह एक लम्बा वकफा था—खामोश वकफा—जिसमें कि उसके कान ही नहीं, गाल भी जैसे दहकने लगे। पैर में तेज़ ख़ुजली उठ रही थी, फिर भी उसने उसे दूसरे पैर से दबाया नहीं। उसकी आंखें खिड़की से हटकर ज़मीन में धंस गईं और तब तक धंसी रहीं

जब तक कि वकफा गुज़र नहीं गया। उन लोगों के चले जाने के कई क्षरण बाद उसने आंखें दरवाज़े की तरफ़ मोड़ीं। तब थानेदार अहाते में खड़ा सब-इन्स्पेक्टर को डांट रहा था, "मैंने तुमको कहा नहीं था कि उसे यहां रोकना नहीं है, चुपचाप दरवाज़े के पास से निकालकर ले जाना है !"

सब-इन्स्पेक्टर अपनी सफाई दे रहा था कि कसूर उसका नहीं सिपाहियों का है—उन लोगों ने, लगता है, बात ठीक से समझी नहीं।

थानेदार माफी मांगता हुआ उसके पास आया, और आश्वासन देकर कि उसे फिर भी डरना नहीं चाहिए, वे लोग उसकी हिफाज़त करेंगे, बोला, "उसे पहचान लिया है न आपने ? यही आदमी था न जिसने आपपर चाकू चलाना चाहा था !"

वह कुरसी से उठ खड़ा हुआ। उठते हुए उसे लगा कि उसके घुटनों में खून जम गया है। उसे जैसे सवाल ठीक से समझ नहीं आया था—वे जैसे अलग-अलग शब्द थे जिन्हें मिलाकर उसके दिमाग में पूरा वाक्य नहीं बना था।

"यह वही आदमी था न !"

उसके पैरों में पसीना आ रहा था। बगलों में भी। साथ के कमरे में ठुकाई करते हुए पूछा जा रहा था, "तू नहीं था, तो कौन था कुत्ते के बीज ? सीधे से बता दे—क्यों अपनी पसलियां तुड़वाता है !" जवाब में मार खानेवाला न जाने क्या कहने की कोशिश कर रहा था।

अब तक वाक्य उसके दिमाग में स्पष्ट हो गया था। जो सवाल पूछा गया था, उसका जवाब उसे 'हां' में देना था। यह बात पहले से ही तय थी—तब से ही जब कि उसने उस कमरे में कदम रखा था। वह आदमी वही है, यह सब जानते थे—वह भी, थानेदार भी और दूसरे लोग भी। फिर भी उसके 'हां' कहने पर ही सब कुछ निर्भर करता था।

उसने कमीज़ के निचले हिस्से से बगलों का पसीना पोंछ लिया। उसे फिर खयाल आया कि वह दो दिन से नहाया नहीं, और कि मिन्नी हमेशा उसे सुबह नहाकर न आने पर ताना देती है। आज सुबह मिन्नी

ठीक वक्त पर वहां पहुंची होगी। उसके न मिलने से उसने जाने क्या सोचा होगा !

उसे यह भी लग रहा था कि वह जाने कोट-टाई पहनकर वहां क्यों आया है—उसे क्या वहां नौकरी के लिए दरखास्त देनी थी ?

"आप क्या सोच रहे हैं !" थानेदार ने पूछा, "आपने उस आदमी को पहचाना नहीं !"

यह एक नया विचार था। अगर सचमुच उसने उस आदमी को न पहचाना होता ?...और पहचानने के बाद भी इस वक्त अगर वह कह दे कि उसने नहीं पहचाना ?

पर इस विचार के दिमाग में ठीक से बनने के पहले ही, पहले की तय की हुई बात उसके मुंह से निकल गई, "हां, वही आदमी था यह !"

जवाब सुनते ही थानेदार व्यस्ततापूर्वक वहां से हट गया। सब-इन्स्पेक्टर पल-भर उसकी तरफ देखता रहा। फिर यह कहकर कि 'अब आप घर जा सकते हैं। चाकू, शनाख्त के लिए, आपके पास वहीं भेज दिया जाएगा,' वह भी वहां से चला गया।

वह उलझा हुआ थाने से बाहर आया। बाहर की तेज़ खुली धूप में उसे अपना-आप बहुत असुरक्षित और नंगा-सा लगा। लगा जैसे वह अपना बहुत कुछ उस कमरे के अन्दर छोड़ आया हो—कल तक का सारा संघर्ष, मिन्नी का चेहरा और आगे की सब योजनाएं। फुटपाथ, सड़क, और खम्भे पहले कभी उसे इतने सपाट और नंगे नहीं लगे थे। सामने जो पहली इमारत नज़र आ रही थी, और जिसकी ओट में जाकर वह अपने को कुछ ढका हुआ महसूस कर सकता था—वह भी सौ गज़ से कम फासले पर नहीं थी। खुले में, चारों तरफ से सबको दिखाई देते हुए, उतना फासला तय कर पाना उसे असम्भव लग रहा था। 'अब मैं उस इलाके में नहीं रह पाऊंगा,' उसने सोचा। 'और वह घर छोड़ देना पड़ा, तो और कहां रहूंगा ? नौकरी तो अब तक मिली नहीं...।'

उसने एक असहाय-सी नज़र चारों तरफ़ डाली। एक खाली टैक्सी पीछे से आ रही थी। उसने जेब के पैसे गिने और हाथ देकर टैक्सी

को रोक लिया। फिर चोर नज़र से आसपास देखकर उसमें बैठ गया। टैक्सीवाले को घर का पता देकर वह नीचे को झुक गया जिससे खिड़की के बाहर से सिवाय सिर के, जिस्म का और कोई हिस्सा दिखाई न दे।

पैर में खुजली बहुत बढ़ गई थी। वह झुके-झुके कांपती उंगलियां से जूते का फीता खोलने लगा।

फालतू आदमी

—कमलेश्वर

कानून मेरी रक्षा कर पाता, इसमें शक है। मैं तो अपने होने के कानून से बच गया। इसीलिए उधर से गुज़रते दहशत होती है। बचपन इस अभिशाप से बरी था, यह याद होना ज़रूरी नहीं।

मेरा घर आज भी वैसा ही है। दोनों ही बेचारे हो गए हैं, ममी और पापा। ममी की आंखों में जब दहशत तैर जाती है, तो मेरा यह शरणार्थी अस्तित्व थरथराने लगता है। गुस्सा पापा को बहुत आता है। कभी-कभी जब वे जासूसों की तरह, शराफत से, फुसफुसा-कर कुछ देर तक बातें करते हैं, तो मेरा दिल दहलने लगता है। उनके असहमत होने का यही तरीका है। उसके बाद चीख-पुकार शुरू हो जाती है और इससे पहले कि पापा किसी तरह का आक्रमण करें, ममी घर के चाकू, छुरियां, कैचियां और वार कर सकनेवाली नुकीली चीज़ें छुपाने लगती हैं। लड़ाई के वक्त वे मुझसे मदद भी नहीं मांगतीं। इसलिए उनकी लड़ाई मुझे ढोंग नहीं लगती। वह पति-पत्नी के बीच की लड़ाई नहीं रह जाती, और बहुत-बहुत देर तक चलती है। मुझे लगता है, हर लड़ाई जासूसों की तरह शराफत से बात करने के बाद शुरू होती है।

चाकू, छुरियां और नुकीली चीज़ें छुपा देने के बावजूद ममी के कहीं न कहीं से थोड़ा-बहुत खून उस लड़ाई में ज़रूर निकल आता है।तब पापा

को पश्चात्ताप होता है या नहीं, नहीं कह सकता। पर उसके बाद वे संयत हो जाते हैं। इतने संयत कि बहुत अच्छे पति की तरह पेश आने लगते हैं। रोते और गिड़गिड़ाते हैं। ममी की गोद में सिर छुपाकर सिसकते हैं और तब इस अच्छी यात्रा का अन्त होता है।

मैं जब बहुत उकता गया था, तो सुजाता से मैंने यही कहा था कि तुम मां नहीं बनना चाहतीं, तो फिर पत्नी ही क्यों बनना चाहती हो ? तुम इस प्रसंग को नहीं समझ पाओगे। यह काफी उलझा हुआ है। असल में यह मेरा प्रेम-प्रसंग है।

सुजाता के साथ प्रेम होने में कोई अड़चन नहीं हुई। तीसरे या चौथे दिन ही हमें एकान्त मिल गया। अमूमन यह नहीं हो पाता। एकान्त हो, तो प्रेम के होने में देर नहीं लगती। मेरे और उसके बीच कुछ भी आड़े नहीं आया। सिवा शरीरों के। आदमी का शरीर बहुत डरपोक होता है, शर्मीला भी। झिझकता है। बिना प्राकृतिक ज़रूरत के उसे हर बात के लिए मार-मारकर तैयार करना पड़ता है।

शरीर के साथ मैं यह अत्याचार करने को तैयार नहीं था। सुन्दर और कोमल चीज़ के साथ यह नहीं हो पाता।

असल में हम दोनों ईश्वर के शव की खोज में निकले थे। उसने कहा, ईश्वर मर तो गया है, पर उसका शव जब तक अदालत में पेश नहीं किया जाता, मृत्यु की घोषणा नहीं हो सकती।

ईश्वर के शव की खोज में हम लग गए थे। इसलिए हमें एकांत मिल गया था। जब उसका शव हमें नहीं मिला, तो मैंने कहा, क्यों न मैं अपनी हत्या कर लूं और तुम मेरा शव ईश्वर का घोषित कर दो। यह बड़ा काम होगा।

तब वह रोने लगी थी। बोली, ईश्वर के बिना तो रहा जा सकता है, पर तुम्हारे बिना नहीं।

तब आयो असली शव खोजें, मैंने कहा और वह झाड़ियों में उलझी हुई एक मरी तितली खोज लाई थी। प्रेम का वही असली क्षरण था। उसके होंठ मरती हुई तितली की तरह तपक रहे थे और पुतलियां मछली की तरह एकाएक डूब जाती थीं। हम उस वक्त एक पुराने ऐतिहासिक

खंडहर के पिछवाड़े थे—समय के बारे में इतना ही याद है।

वहीं उससे पहली लड़ाई हुई थी। उसे लगा था कि मैं उससे प्रेम नहीं करता। मेरे मन में संशय था। मैं शरीरों को तब तोड़ सकता था, जब वह पत्नी बनने की उम्र से छोटी होती (और मैं भी) या पत्नी बन सकती। हमारे बीच ऐसे किसी समझौते की सम्भावना नहीं थी। वह न तो उम्र को पीछे लौटा सकती थी और न वचन दे सकने की स्थिति में थी।

हम हत्याओं के भागी क्यों बनें? मैंने यही कहा था। वह नहीं समझ पाई थी। प्रेम में कोई महिला कुछ भी नहीं समझ पाती। यह एक फायदेमन्द लाचारी है। पर मेरे लिए नहीं।

मैंने उसे बहुत समझाया। औरत जितना समझती जाती है, उतना ही रोती जाती है। जो औरत जितना रो लेती है, उसीके अनुपात में व्यक्तित्व-सम्पन्न हो जाती है। मुझे उसका रोना इसलिए अच्छा लगा। ईश्वर के शव की खोज भी तभी की जा सकती थी जब हम दोनों ही व्यक्तित्व-सम्पन्न होते।

मेरे-उसके बीच वर्ग-भेद था। तुम मेरी तकलीफ नहीं समझ सकते। तब, जब मैं अबोध से भी ज़्यादा अबोध था, एक दिन मेरे ऊपर आक्रमण हुआ था।

पापा बरामदे में टहल रहे होंगे। मेरे चारों ओर घुप्प अंधेरा रहा होगा। ममी कमरे में रही होंगी और वह मिडवाइफ भी। (यह सब, यह अब मैं पता लगा चुका हूं, इसी आधार पर तुम्हें बता पा रहा हूं।) वही मिडवाइफ जो पार्क के कोने पर रहती है; इसीलिए उधर से गुज़रते दहशत होती है। उसीने मुझपर आक्रमण किया था, जिसका निशान मेरी खोपड़ी पर अब भी मौजूद है। उसके हाथ में कोई औज़ार रहा होगा, जिससे वह मेरा अंग-भंग करना चाहती थी। मैंने किसीकी कोशिशों का बुरा नहीं माना। वह उनके अस्तित्व की एक ज़रूरत थी। लेकिन मैं प्राण प्राप्त कर चुका था।

इससे पहले भी पापा और ममी ने साजिशें की थीं। ये सारी साजिशें बेकार सावित हुईं, क्योंकि मेरी अघोषित मृत्यु, वे प्राप्त नहीं कर सके।

कितना खून-खराबा हुआ। कितने बड़े-बड़े आक्रमणों का शिकार हुआ। रक्त की नदियों में नहाया और शरणार्थी बनकर मैंने अपने अस्तित्व की घोषणा की, यह तुम नहीं समझ सकते। वह भी यह नहीं समझ पाई थी। इसीलिए उससे लड़ाई हुई थी। अस्तित्व का यह संकट उसने नहीं झेला था।

तुम तो इस शहर के बारे में भी नहीं जानते। पांच तरह के सुविधाभोगी लोगों ने इस शहर का बंटवारा कर लिया है। वे तादाद में कम हैं। जो तादाद में बहत ज़्यादा हैं, उन्हींमें मैं भी हूं, इसलिए फालतू भी हूं। इस शहर पर आसमान नहीं है। जिसने जितना काट पाया है, अपने लिए रख लिया है। रास्तों पर भी वे ही हैं। शहर में वे घूमते हैं। हम सिर्फ जुलूस निकालते हैं। उन्होंने सड़कों में इलास्टिक लगवा रखी है। जब वे चलते हैं, तो रास्ते सिकुड़ जाते हैं। वे बड़ी जल्दी घर पहुंच जाते हैं। उनके रास्तों के किनारे गुलमोहर और अमलतास के पेड़ हैं।

हमारे रास्ते बहुत संकरे हैं, जिनपर पीपल और नीम हैं। ऐसे हो एक पीपल के नीचे से मैंने वह मूर्ति उठाई थी और उससे कहा था, ईश्वर का शव मिल गया। मैं बहुत उत्तेजित हो उठा था।

वह हंसने लगी थी। उसके बाद उसने मेरे साथ शव की खोज बन्द कर दी। वह धीरे-धीरे दूर होती गई। उसके बाद उसने किसी और से शादी कर ली। यह बहुत मासूली-सी बात थी। क्योंकि मुझे काफी खली थी। और एकाएक जब वह एक दिन अपने पति के साथ मुझे मिली, तो बहुत शालीनता से।

ये मेरे पति हैं, उसने परिचय कराया था। वह बहुत शिष्ट आदमी था। पर न जाने क्यों उसकी आंख के नीचे का पपोटा कांपता रहता था और बार-बार वह उसकी खुली पीठ पर हाथ रख लेता था। वहां से हर बार उसका हाथ फिसलकर कटि को छूता हुआ अलग हो जाता था। बहुत अनजाने ही।

आप क्या करते हैं ? उसके पति ने मुझसे पूछा था।

मैं सकपका गया था। मैं अमरीका की नीग्रो समस्या का अध्ययन

कर रहा हूं। जैसे-तैसे मैंने कहा था।

आप लोग भी खूब होते हैं! उसने हंसकर कहा था।

इनके पास वक्त है। वह बोली थी।

फालतू आदमी हूं। मैंने कहा, तो वे दोनों हंस पड़े थे। उसके पति ने मुझे लिफ्ट दी। अपने रास्ते जाते हुए उसने मुझे चिलचिलाती सड़क के मोड़ पर छोड़ा, तो मैं एकबारगी बेहद अकेला रह गया था। जितनी शरण वे दे सके थे, दी थी। इससे ज़्यादा दूर तक वे मुझे सहन नहीं कर पाए थे।

घर में वही हाल चल रहा था। पापा जासूसों की तरह बात कर रहे थे। बड़े भाई-बहन ऊपर के कमरों में थे। उनसे मेरी पटती नहीं थी, क्योंकि वे दुनिया में लाए गए थे। मैं आक्रमणों का शिकार हुआ था। हालत उनकी भी बेहतर नहीं थी। वे सिर्फ बेशर्म थे। शरणार्थी होते हुए भी छाती पर चढ़कर अधिकार मांगते थे। शरणार्थी वे भी थे। सुविधावादी वर्गों ने उन्हें भी इसी स्थिति में डाल दिया था। उसके पास अपना कुछ नहीं था। विचारों के रूप में अखबारों की कतरनें थीं। अखबारों के रूप में कपड़े थे। कपड़ों के रूप में दिमाग थे।

उस दिन फिर पापा ने चीख-पुकार की थी। ममी ने उन्हें बाथरूम में बन्द कर दिया था। यह कैसे सम्भव हुआ, पता नहीं। पापा दरवाज़े पीटते और हत्या को धमकियां देते रहे।

उन्हीं दिनों सुजाता मिली। वह भयाक्रान्त थी। कुछ बातों के बाद बोली थी, हम दोनों इतनी जल्दी यह सब नहीं चाहते थे।

मैं सुनकर फिर कांप गया था। वही आक्रमण दोहराए जाएंगे। खून-खराबा होगा। उसका पति इस इरादे से बहुत खुश था। वह जासूसों की तरह शराफत से हमले की तैयारी में लगा था।

मेरा मोह बढ़ गया था। जब कभी अपने-आप उसके पास चला जाता था। वक्त निकालकर उसे समझाना चाहता था।

तुम रोज़ मत आया करो। पता नहीं वे क्या सोचते हैं। वह कहने लगी।

यह शक का समय तो नहीं है। मैं इतना ही कह पाया था।

जिन दिनों वह बेहाल रहने लगी, मैं अपने को नहीं रोक पाया। उसका बदन छकड़ा गाड़ी की तरह हो गया था। पास से दवाइयों की गन्ध आती थी।

पता चला कि वह मैटर्निटी-होम में पहुंच गई है। आपरेशन ज़रूरी हो गया है।

जब उसने बच्चे को जन्म दे दिया, तब मैं पहुंचा। मैं उस बच्चे से मिलना चाहता था।

वहां पहुंचा तो वह खुश नहीं हुई। मेरा आना खला था।

बच्चा कहां है ? तुमसे नहीं, उससे मिलने आया हूं।

पालने में है। स्वर रूखा था।

बहुत मुलायम, नर्म, रेशमी-सा वह बच्चा निर्द्वन्द्व पड़ा सो रहा था अपनी मुट्ठियां कसे हुए। रेशमी रोओं से भरा उसका शरीर गुदराया और अबोध लग रहा था। मैंने उसकी आंख बचाकर बच्चे के शरीर के अंग-अंग को टटोलना चाहा। मैं सोचकर सिहर उठा था। कहीं कोई कैंची... या चाकू...या कोई अंग...

उसे कितनी नफरत हो रही होगी। तभी उसकी आवाज़ सुनी, गौर से देख लो। है न मेरी तरह। उसके चेहरे पर अपूर्व लोनाई थी। मैं फिर घबरा उठा। यह कैसी साजिश की बात है।

तुम्हें अचरज हो रहा है ? उसने कहा।

नहीं तो। इसे कौन रोक सकता था। अब तुम्हें इससे समझौता करना पड़ेगा। तुम कर भी रही हो। मैंने कहा।

उसने प्रश्न किया, क्यों ?

क्योंकि शरणार्थियों की तादाद बहुत ज़्यादा है। तुम कम हो। वह हो ही जाता है, जो तुम्हारा वर्ग नहीं चाहता। मुश्किल सिर्फ इतनी है कि तुम इस होने को नहीं रोक सकतीं। मैं बोला था।

वह चुपचाप सुनती रही। उसके चेहरे पर वैसी ही चमक थी। मैं भी तो इसके अलावा और कुछ नहीं चाहता था। सिवा इसके कि जो होता, वह मेरा होता।

भविष्य के आसपास मंडराता अतीत

—राजेन्द्र यादव

सांवले रंग के बावजूद, चेचक के दाग पहले इतने बुरे नहीं लगते थे, लेकिन जब से आधा मुंह जल गया है, बहुत ही भयानक लगने लगे हैं। उसे पता है, अब उसका चेहरा काफी कुरूप हो गया है और जब-जब वह उसे शीशे में देखने का साहस करता है, भ्रम होता है 'मोम का घर' का शैतान नायक अपना चेहरा उसपर लगा छोड़ गया है। नेहरा ढकने के लिए अपना हैट मुंह-आंखों पर झुकाए और ओवरकोट के उठे हुए कालरों से कनपटियां छिपाते हुए उसे सचमुच लगा, जैसे वह नहीं, किसी क्राइम-फिल्म का नायक अपनी घात में इस पेड़ के नीचे बैठा है।

लड़कियां आ रही हैं...दूर से सफेद फ्रॉकों और लाल-सुर्ख पुलोवरों में झुण्ड की तरह आपस में सटी-सटी वे चली आ रही हैं। पहले भनभनाहट सुनाई दी थी, अब बातें, हंसी-खिलखिलाहट, एक-दूसरी को छेड़ना दिखाई भी दे रहा है...आगे-आगे शायद दो टीचरें हैं, चेस्टरों और साड़ियों में...उसका दिल ज़ोर-ज़ोर से धड़कने लगा। भीतर की अचानक बढ़ आई उत्तेजना से लगा जैसे उससे बैठे नहीं रहा जाएगा, वह खड़ा होकर एकदम सड़क के किनारे आ जाएगा। लेकिन प्रयत्न करके वह बेंच पर केवल आसन बदलकर रह गया, मुट्ठियां ज़ोरों से जेबों में ठूंस लीं...टॉफियों का सख्त डिब्बा एक जेब में फूलकर बाहर की ओर निकल

आया। अपने को उसने दूरसे देखा,जैसे शैतान ने जेब में पिस्तौल तैयार कर ली हो...पिस्तोल नहीं, पुल, सेतु...वह औरत कहेगी। नहीं, अभी तो केवल लाल ऊन का लहरें लेता झुण्ड ही दीखता है और बीर-बहूटियों के गुच्छे की तरह पास आएंगी तो अलग-अलग पहचाना जा सकेगा। सामने वाले पेड़ के पीछे छिपकर खड़े होने की कितनी इच्छा होती है, लेकिन इस तरह खड़े होना बहुत सन्देहास्पद हो जाएगा। यहां वालों ने बेंच को भी इतनी दूर हटाकर रखा है...ठीक है...ठीक है, एकदम पेड़ से सटाकर रखते, तो ऊपर तो चिड़िया-कौवे बैठनेवालों पर बीट करते, उसने अपने-आपको समझा लिया। अड्डे को लक्ष्य बनाकर एक कार पीछे से आकर हॉर्न देने लगी है, लड़कियां हटती नहीं हैं, खिलखिलाकर आपस में हंसती हैं और कार को रोके रखने का दुष्ट आनन्द लेने लगी हैं। कार पर अटैची-बिस्तर लदे हैं, कीम-रंग धूल में मटमैला हो गया है...शायद नीचे से चली आ रही है। एक टीचर मुड़कर कुछ कहती है और झुण्ड बीच से खुलने लगता है—इधर-उधर होता हुआ। लड़कियां शैतानी से खिड़कियों में झांक-झांककर हंसती हैं, कुछ घूलिया-सतह पर उंगलियों से लाइनें बनाती हैं, लिखती हैं। बच्चे अपनी अबोध दुष्टताओं पर कैसे खुले दिल से हंस लेते हैं—उसने सोचा। हंसनेवालियों में वह भी होगी 'बुलबुल'... यहां भी उसे बुलाने का नाम 'बुलबुल' ही होगा क्या ? उसका एक हाथ अपने-आप जेब से निकलकर छाती की ओर जाता है, फोटो निकाल लिया जाए-चेहरा मिला लेने में आसानी हो जाएगी। फिर हाथ लोट आया...नहीं, उसे, उस चेहरे को वह भूल ही कैसे सकता है ? यहां तो उसने अपना पूरा नाम ही बताया होगा, वन्दना...वन्दना क्या ? सहगल या सिंह ? नहीं, उसकी मां अब 'सिंह' किसी हालत में नहीं लिखवाएगी, वह फिर उसी 'सहगल' पर लौट गई होगी। काश, वह भी योंही छोड़ी हुई भूमियों पर लौट जाने का सन्तोष पा सकता...।

अभी-अभी ये सबकी सब सामने से गुज़र जाएंगी, उन्हींमें एक लड़की 'बुलबुल' भी होगी...और शायद उसे सपने में भी खयाल नहीं आएगा कि बस के अड्डे के ऊपर, हरी-सी बेंच पर सिकुड़ा-सिमटा-सा

कोई बैठा था, और उसे वह कभी 'पापा' कहा करती थी...'पापा'। उसके कानों में नहीं, शायद चेतना के गहरे स्तरों में किसीने निश्शब्द कहा और उसका शरीर इस तरह रोमांचित हो आया, जैसे 'पापा' कहनेवाली अभी उसके कान की लौ को दांतों में दबा लेगी, वह खुशामद करेगा, 'वेटे, पापा का कान कट जाएगा।' और योंही शैतानी से हंसते हुए वह सिर हिलाएगी, नहीं छोड़ेगी...उसे यों पापा का कान दांतों में दबाकर परेशान करना बहुत अच्छा लगता है...'नहीं, अखबार नहीं पढ़ने देंगे, हमसे बातें करो... कहानी सुनाओ'...अब तो वे दांत भी नहीं रह गए होंगे...न चाहते हुए भी, उठे हुए कालरों के पीछे अपने कान टटोलकर देखे...'पापा, आपके कानों में ये छेद क्यों हैं ? आपकी मम्मी ने बनाए हैं...बहुत शैतानी करते थे इसलिए रस्सी से बांधने को ? आप हमारे कानों में भी छेद बनाएंगे ?' वह छिदे हुए कानों वाली लौ को उंगलियों की पोरों से खींचता रहा...'बुलबुल'...उसकी आंखों में पानी झूल आया और उसने ज़ोर से उठते आवेग को सटका...अभी पांच-छः गज़ की दूरी से उसकी वन्दना गुज़र जाएगी, उस समय वह पुकारे बिना कैसे रह पाएगा ? नहीं, नहीं, उसे अपने को व्यस्त कर लेना चाहिए, ताकि पुकारने के आवेग को दबाया जा सके...उसने पिपरमैंट की दो गोलियां निकालकर मुंह में डाल लीं। पहाड़ी रास्ते के बस-सफ़र के लिए उसने यों ही दो-चार गोलियां खरीद ली थीं। टटोलकर सिगरेट निकालते हुए उसने सोचा, इनका भी एक डिब्बा खरीद लेता तो ठीक था...हाथों के कांपने से सिगरेट का चमकदार कागज़ ठीक तरह खुल नहीं रहा था...कागज़ नहीं, पन्नी। यह पन्नी और गोलियां बुलबुल को अभी भी उतनी ही पसन्द हैं ? उसके 'बस्ते' में जाने कितनी पन्नियां और गोलियां भरी रहती थीं और वह नया डब्बा खुलवाकर उसकी पत्नी ले लेती थी और दांतों पर चढ़ाकर कहती—"पापा, हमारे दांत कैसे चांदी की तरह चमचम चमकते हैं, आपके तो गन्दे हैं, छिः !" फाड़ी हुई पन्नी को उंगलियों पर लेकर वह देर तक उसे धुंधलाई निगाहों से देखता रहा...।

मान लो, जब ये लोग उसके सामने से गुज़रें और वह किसी भी

तरह अपने पर ज़ब्त न रख पाए, 'मेरी बुलबुल' कहता हुआ झुण्ड में झपट पड़े, तो वह उसे पहचान लेगी ? उसी तरह बांहें फैलाकर उसके गले में झूल जाएगी ? 'पापा !' नहीं, शायद नहीं पहचानेगी अब।...

सारी लड़कियां डरी हुई बत्तखों की तरह इधर-उधर कै-कैं करती हुई भागने लगेंगी, टीचरें चीख पड़ेंगी और आसपास के ये सारे लोग उसपर टूट पड़ेंगे...'मारो, मारो, कोई बदमाश है, लड़की को उठाकर भागना चाहता था, रोकते नहीं तो मार ही डालता...पागल है, चेहरा तो देखो, कैसा भयानक है ! हत्यारा...योंही तो ये लोग उठाकर ले जाते हैं।' और वह कल्पना में अपने को पिटते, लात-धूंसे खाते देखता रहा, कुहनियों से बचाते सिर पर जुने-थप्पड़ पड़ते रहे...ये बीड़ियां पीते कुली ही सबसे पहले उसे दबोचेंगे...शायद बुलबुल उसे बिलकुल भी नहीं पहचान पाएगी...सात साल कम नहीं होते...पता नहीं, इन दिनों में वह कितना कुछ बदल गया है ? पहचाना जाता है या नहीं ? और बुलबुल ? तब साढ़े चार साल की थी, अब तो बहुत लम्बी हो गई होगी। दुबली-पतली लम्बी-सी लड़की को ही वह गौर से देखेगा...यह लड़कियों के बढ़ने की उम्र होती है, लम्बाई में तो वह अपनी मां पर ही गई होगी...।

उसकी मां ने उसे ज़रूर बता दिया होगा, सब कुछ बता दिया होगा। उसके खिलाफ जितना भी ज़हर उसके मन में है, सबका सव उसने बेटी को सौंप दिया होगा, बुलबुल उसे पहचानकर भी, हो सकता है परिचय का कोई भाव न दिखाए...हो सकता है, मां की नाराज़ी और ज़हर को उसने वैसा ही अपने में ग्रहण भी कर लिया हो...मगर न जाने क्यों उसे लगता है कि बुलबुल कभी भी उससे नाराज़ नहीं रह पाएगी...सब कुछ जानकर भी वह उसे माफ कर देगी। वही तो एक है जो उसे माफ कर सकती है...।

खाने की मेज़ के आसपास वह और 'वो औरत' (अब वह उसकी मां को इसी नाम से याद करता है) बैठे हुए थे—सुबह की चाय पीकर। बरतन उठा लिए गए थे। मेज़ पर ठीक उसके सामने बुलबुल भी बैठी थी और बार-बार उसके कान पकड़कर चांई-मांई करने का आग्रह कर रही थी। आपस के तनाव को भूलने के लिए वह इसी चांई-मांई में खो गया

था...दोनों एक-दूसरे के कान पकड़ लेते और आपस में नाकें दबाते हुए आगे-पीछे झूमते, चांई-मांई बोलते हुए...।

"अभी छोटी है, कुछ भी नहीं समझती ! बड़ी होकर जब बाप की हरकतों को समझेगी तो कहने में शरमाएगी कि ये ही मेरे फादर हैं !" इस खेल को विरक्ति से देखती हुई बह औरत कह रही थी।

वह उद्दण्ड हो आया। बोला—"मैंने एक किस्सा पढ़ा था कहीं: किसी आदमी ने हत्या या बलात्कार का कोई अपराध कर डाला। पकड़कर राजा के सामने लाया गया। जिसने भी सुना, सब धु-बू करने लगे। फांसी की सज़ा सुना दी गई। माता-पिता, पत्नी को उसकी फांसी का दुख ज़रूर था, लेकिन सभी उसके अपराध से विक्षुब्ध थे और जब आखिरी बार अपने घरवालों से मिलने का समय उसे दिया गया तो सभी उससे मिलने में संकोच कर रहे थे। जल्लाद जब उसे ले जाने लगे तो उसका पांच-छ: साल का बेटा आकर उसले लिपट गया—"बापू, तुमने कुछ नहीं किया, तुमने कुछ नहीं किया... !" उन सबमें वही शायद एक ऐसा प्राणी था जिसने उसे जैसा का तैसा स्वीकार कर लिया था और सच्चे हृदय से क्षमा कर दिया था... !" कहानी सुनाते-सुनाते पता नहीं क्यों उसका गला भर्रा आया। मन में कहा—जब तुम और तुम्हारे सारे ये हिमायती, मरने के समय भी मुझे दोषी ही ठहराते रहेंगे, तब शायद बुलबुल के ही हृदय का कोई एक कोना होगा, जो मुझे ज्यों का त्यों स्वीकार करके क्षमा कर देगा...तब मुझे अपने जाने का कोई मलाल, किसी मोक्ष की कामना नहीं रह जाएगी...और उसके आंसू व्यर्थं ही उपहास का लक्ष्य न बनें, इसलिए वह उठकर बाहर चला आया। देर तक रोता रहा, उस समय भी अपनी इस भावुकता के पीछे उसे न तो कोई कारण समझ में आ रहा था, न संगति। तब भी उसने यही कहा था कि शायद यह सेल्फ़-पिटी—आत्म-करुणा है और बच्चों को लेकर सभी लोग इसी तरह बेबस हो जाते हैं...।

आज भी बुलबुल के मन में क्षमा का कोई कोना सुरक्षित नहीं होगा ? या वह भी अपनी शर्तें रखेगी कि पापा, पहले अपना चेहरा बदल

लो, रंग साफ कराओ, सिगरेट छोड़ दो, ऐसे कपड़े पहनो, तभी तुम मेरे पापा हो और तुम्हारे लिए मेरे मन में क्षमा हो क्षमा है...।

'वह औरत' पांच साल सिर्फ शर्तें ही तो रखती रही थी, जिन्हें अपने शब्दों में उसने नाम दिया था, ऐडजस्टमेंट-समझौता। शहीदाना ढंग से जब कहती—"मैं क्या इतना भी नहीं समझती थी कि विवाहित जीवन का दूसरा नाम ऐडजस्टमेंट है ! लेकिन पांच साल मैंने-सिर्फ मैंने ही तो ऐडजस्टमेंट किया है– खाना, रहना, आदतें...तुम्हारे लिए क्या नहीं बदला है ? लेकिन तुम...तुम ? कब तक कोई ऐडजस्टमेंट ही करता चला जाएगा अकेला !" तब हारकर एक दिन उसने कह दिया था—"नहीं, तुम ऐडजस्टमेंट नहीं करतीं, सिर्फ अपनी शर्तें रखती हो,... वही करती रही हो। सीज़-फ़ाइर की नस-तोड़ तनाव-भरी स्थिति में दोनों पक्ष केवल अपनी शर्तें और कण्डीशन्स रखते हैं, अपने-अपने प्रेस्टिज पाइण्ट पर निगाहें रखते हुए, ज़मीनें और सामान देते-लेते रहते हैं। उसे ऐडजस्टमेंट और त्याग नहीं, सिर्फ अपनी बात मनवाने का दबाव और मोर्चा कहते हैं... !" सुनकर भन्नाती हुई वह बोली थी—"तब ठीक है, तुम अपनी उसी हूर की परी के साथ रहो। मुझसे और मेरी बेटी से तुम्हें कोई मतलब नहीं है, मैं इसे खुद पढ़ा-लिखा लूंगी और तुमसे अच्छा पाल लूंगी...मैंने तो तुम्हें इतने दिनों निभा भी दिया, मैं भी देखती हूं वह कितने दिनों निभाती है। उससे निभे या न निभे, फिर मेरे पास आने की ज़रूरत नहीं है। वह रोने-धोने का सिनेमाई सीन मैं बिलकुल नहीं चाहती। मेरी बेटी पर तुम्हारी छाया भी पड़े, यह मुझे अच्छा नहीं लगेगा। फिर यह न हो कि आज बेटी से मिलने चले आ रहे हैं, कल उसकी बर्थ-डे पर उपहार भेज रहे हैं और उसे हाँ पुल बनाकर मुझे कमज़ोर बनाने की कोशिश कर रहे हैं। समझ लेना, हम दोनों मर गए... ! मैं भी बुलबुल को समझा दूंगी कि तेरे पापा नहीं रहे। बिना बाप के हज़ारों बच्चे पलते हैं। ऐसी भी क्या बात है... !"

रन्सम...दर्द से ऐंठते मन में एक शब्द उभरा, इस बार शर्त के दांव पर बेटी लगा दी गई है। यह सब कहा भी था और लिखा भी था—"मैं

नहीं चाहती कि बड़े होकर वह अपने बाप के चरित्र को जाने और हमेशा एक कॉम्पलेक्स महसूस करती रहे कि उसका बाप ऐसा था। किसी के सामने तुम्हारा नाम लेते भी शरमाए... !"

'कॉम्पलेक्स महसूस करे ?...इसी बात को शायद सबसे अधिक शिद्दत से उसने उस दिन महसूस किया था जिस दिन अस्पताल से डिस्चार्ज होकर पहली बार अपना चेहरा देखा था...झुलसने और खाल उधड़ जाने से सारा मुंह दाग-दगीला हो गया था...भयानक और कुरूप... खुद ही डर लग आया था। आज भी 'वह' देखेगी तो कहेगी—भीतर का पाप फूटकर निकल आया है...मेरी आत्मा का अभिशाप आखिर कहीं तो अपना असर दिखाएगा ही... !" इन शब्दों के सामने वह शायद कभी भी किसीको नहीं बता पाएगा कि उसने सिर्फ शराब पीकर अपने को जला लेने की कोशिश की थी ! ... अभी भी क्या वह पहले की तरह कह पाएगी—"तुम्हारे नाकनक्श सब सचमुच कितने अच्छे हैं ! इस चेचक ने ही सारा काम खराब कर दिया। लगता है, बुरी तरह निकली थी। मैं तो सबसे पहले बुलबुल को चेचक का ही टीका लगवाऊंगी...उसने तुम्हारे फीचर्स और मेरी हाइट ली तो देख लेना, सौ में एक होगी... !" बाद की बात उसने नहीं सुनी थी, सिर्फ पहली सुनी थी और मन में अनुवाद किया था—ये चेचक के दाग मिटवा लो, तभी तुम मेरे पति और बुलबुल के बाप होने लायक हो सकोगे...आज जलने के इन दागों को लेकर भी 'वह' वैसी ही शर्त फिर रखेगी...जो कुछ किया है उसे पोंछ दो, तभी मैं तुम्हें...

नहीं, आज तो बुलबुल भी उसे ज्यों का त्यों स्वीकार नहीं कर सकेगी..."ये हैं तुम्हारे पापा !" लड़कियों की समवेत हंसी आज तो उसके मन में न जाने कितने कॉम्पलैक्सों का दंश छोड़ जाएगी। अगर वह उसकी दोनों बांहें पकड़कर कहेगा कि 'बुलबुल, देख, मैं तेरा पापा हूं। सिर्फ तुझसे मिलने, तुझे देखने, तुझसे बातें करने ही हज़ारों मील चलकर इस पहाड़ी स्कूल के पास आया हूं। सुबह से इस बस स्टैंड के चक्कर काट रहा हूं। मुझे मालूम है, हर रविवार को तुम लोग यहां आते हो...इस छोटे-से हिल स्टेशन के बाज़ार में घूमने, चीज़ें खरीदने, सिनेमा देखने...देख,

बुलबुल, तेरे लिए टॉफियां लाया हूं, तुझे किताबें दूंगा... !"

"नहीं...नहीं, मुझे छोड़ दो...मुझे छोड़ दो...मुझे कुछ नहीं चाहिए... तुम मेरे पापा नहीं हो...टॉफियों को उधर फेंक दो...मेरे पापा बहुत सुन्दर थे...बहुत अच्छे थे...मर गए... !" कन्धे छुड़ाती लड़की लगातार छूटने की कोशिश करती रहती है, रोने लगती है...सबके सामने ऐसे आदमी को वह कैसे 'पापा' मान पाएगी ?

पनीले कुहासे के पार, लड़कियों का झुण्ड सामने से गुज़रता रहा और वह सूनी-सूनी आंखों से पहचानने की कोशिश करता रहा...शायद वह लम्बी-सी लड़की ही बुलबुल है...नहीं, वो नहीं, दूसरी, जो मोटी वाली के उस सिरे पर चल रही है...नहीं, शायद वह बीच वाली है चॉकलेट खाती हुई...वह बढ़कर टीचर से भी तो पूछ सकता है—'मिस, इनमें वो वन्दना भी आई है क्या ?' 'कौन-सी वन्दना ? वन्दना शर्मा, वन्दना सहगल ? वन्दना बोस, वन्दना अइयर... ?

'कोई नहीं, मिस !'

वह बेहोश-सा झुण्ड के पीछे पांच-सात कदम खिंचता चला गया "अरे मिस, सुनिए..." उसके भीतर कोई घुटे स्वर से चिल्लाता रहा... फिर कन्धे ढीले डाले खड़ा रहा। शराबी की तरह लौटने लगा तो चॉकलेट का सफेद-नीला कागज़ पैरों से कुचलकर सड़क से चिपका हुआ उसे ही ताक रहा था...।

नीचे स्टैडियम की तरह काटकर बनवाया गया बस-स्टैण्ड था और सामने खुले पहाड़ों का झकोले लेता सिलसिला...हाथ में चॉकलेट का कागज़ मसलता वह देर तक शायद यहो समझने की कोशिश करता रहा कि वह कहां है और उसे किधर जाना है ?...

नई नौकरी

—मन्नू भण्डारी

टॉई की नॉट ठीक करते हुए कुन्दन आदेश देता जा रहा था—"सोफे का कपड़ा कम पड़ गया है, तुम खुद लाकर दे देना। इनके ज़िम्मे कर दिया तो समझो सब चौपट। दरवाज़े, खिड़कियों का वार्निश आज ज़रूर पूरा हो जाना चाहिए। और देखो, प्लम्बर आएगा तो जहां-जहां के नल और पाइप खराब हों, सब ठीक करवा लेना !"

रमा पीछे खड़ी सामने के आईने में पड़ते कुन्दन के प्रतिबिम्ब को देख रही थी। उसे लग रहा था नई नौकरी के साथ कुन्दन की सारी पर्सनेलिटी ही नहीं, बात करने का लहजा तक बदल गया है। कितना आत्मविश्वास आ गया है सारे व्यक्तित्व में ! रौब जैसे टपका पड़ता है।

होंठों के कोनों में चुरुट दबाए, जाने से पहले उसने सारे घर का एक चक्कर लगाया। यह भी रोज़ का एक क्रम हो गया था। पीछे के बरामदे में दर्ज़ी सोफे के कवर्स सिलाई कर रहा था। कुछ दूर खड़ा मिस्त्री, छोटे-छोटे टिनों में वानिश तैयार करते लड़के को कुछ आदेश दे रहा था। कुन्दन को देखकर उसने सलाम ठोका। "अब्दुल मियां, काम आज पूरा हो जाना चाहिए, तुम्हारा काम बहुत स्लो चल रहा है !"

"काम भी तो देखिए सरकार ! समय चाहे दो दिन का ज़्यादा लग जाए, पर आपको शिकायत का मौका नहीं दूंगा। मैं साहब काम की क्वालिटी पर..."

"अच्छा...अच्छा..." कुन्दन लौट आया। ड्राइंग-रूम के पार्टीशन पर नज़र पड़ते ही कहा, " 'इन्टीरियर-डेकोरेटर्स' वालों के यहां फोन ज़रूर कर देना। यह पार्टीशन बिलकुल नहीं चलेगा। डिज़ाइन क्या बताया था, बनवा क्या दिया, रविश !"

कुन्दन गाड़ी में बैठा। रमा पोर्टिको की सबसे निचली सीढ़ी पर खड़ी थी। उसे लगा, जाने से पहले एक बार वह फिर सारे आदेशों को दोहराएगा, पर नहीं। गाड़ी स्टार्ट करके, खिड़की से ज़रा-सा हाथ निकालकर हलके-से हिलाते हुए कहा, "अच्छा, बा...बाई," तो उसे खयाल आया यह तो उसकी आदत थी कि गाड़ी में बैठकर चलने से पहले वह नौकर के सामने बताए हुए सारे काम फिर से दोहरा दिया करती थी।

तब कुन्दन हंसता हुआ कहता था, "वस भी करो यार, अब कितनी बार दोहराओगी। तुम इतनी बार कहती हो इसीसे वह गड़बड़ा जाता है !"

गाड़ी लाल बजरी की सड़क पर तैरती हुई फाटक से बाहर निकली और दूर होती हुई अदृश्य हो गई।

रमा को लगा जैसे कुन्दन उसे पीछे छोड़कर आगे निकल गया है... बहुत आगे। जैसे वह अकेली रह गई है। एक महीने पहले वह भी कुन्दन के साथ ही निकला करती थी, कुन्दन उसे कॉलेज छोड़ता हुआ ऑफिस जाया करता था। पर अकेलेपन की यह अनुभूति तभी तक रहती जब तक वह पोर्टिको में खड़ी रहती। जैसे ही फ्लेट का दरवाज़ा खोलकर वह भीतर घुसती—लक-दक फर्नीचर, शीशों के दरवाज़ों और खिड़कियों पर झूलते लम्बे-लम्बे पर्दे, मिस्त्रियों की खट-खट, नये-नये डिसटेम्पर और वानिश को हल्की-सी गंध के बीच न जाने कहां डूब जाती।

काम की एक लिस्ट उसके पास होती, जिन्हें उसे पूरा करना

होता; काम करते मिस्त्रियों को देखना होता; मार्केट के दो-एक चक्कर लगाने होते...और यह सब करते-करते ही शाम हो जाती। ट्रिंग-ट्रिंग... ट्रिंग-ट्रिंग...

फोन उठाकर, उसने नम्बर बोला, "कौन, मिसेज़ बर्मन ! कहिए, कहिए, क्या खबर है !"

मिसेज़ बर्मन शिकायत कर रही थीं, "कॉलेज छोड़े महीना होने आया, एक बार सूरत तक नहीं दिखाई। आउट ऑफ साइट..."

"अरे नहीं, नहीं," रमा ने बात बीच में ही काट दी। उसने थोड़ा-सा झुककर कोहनी मेज़ पर टिका ली। उलटे हाथ में पैंसिल लेकर वह फोन का सन्देशा लेने के लिए जो पैड रखा था, उसपर योंही आड़ी-तिरछी लकीरें खींचने लगी।

"आज लंच के समय आओ न, साथ बैठकर खाएंगे। तुम्हारे चले जाने से हमारा डिपार्टमेंट तो सूना ही हो गया। लंच के समय तो तुम्हें बहुत ही मिस करते हैं। और एक तुम हो कि जाने के बाद खबर तक नहीं ली..."

"क्या बताऊं, इस नये घर को ठीक कराने के चक्कर में इतनी व्यस्त रही कि उधर आ ही नहीं सकी। अच्छा यह बताइए सुधा, मालती, जयन्ती सब कैसी हैं !"

"कहा न, आज आओ, सबसे मिल भी लेना, खाना भी साथ खाएंगे !"

"आज !" और एक क्षण को मन के भीतरी स्तर पर आज के सारे कामों की लिस्ट तैर-सी गई—"आज तो सम्भव नहीं होगा मिसेज़ वर्मन !" क्षमा-याचना के से स्वर में वह बोली, "बस एक सप्ताह और ठहर जाइए, फिर अपने इस नये घर की पार्टी दूंगी... देखिए अपनी रमा का कमाल...देखेंगी तो पता लगेगा कि एक महीने तक क्या करती रही !" फिर और दो-चार इधर-उधर की बातें और हल्की-फुल्की-सी मज़ाके हुईं और रमा ने फोन रख दिया।

फोन रखने के बाद नये सिरे से इस बात का बोध हुआ कि कॉलेज छोड़े उसे अट्ठाईस दिन हो गए। जाना तो दूर, उसे कभी खयाल भी नहीं

आया वहां का। आश्चर्य के साथ-साथ उसे थोड़ी-सी ग्लानि भी हुई ; वह क्यों नहीं गई, कैसे रह सकी बिना गए ? आज बर्मन का फोन नहीं आता तो पता नहीं और भी कितने दिनों तक उसे उधर का खयाल ही नहीं आता। क्या सचमुच ही वह बड़े अफसर की बीवी बन गई है ? उसे मज़ाक में कसा हुआ जयन्ती का रिमार्क याद आया।

एकाएक मन हुआ कि अभी चल पड़े। एक बार सबसे मिल ही आए। मना करने के बाद पहुंचकर वह सबको कैसे सुखद आश्चर्य में डाल देगी ? उसने रसोई में जाकर दस-बारह बालू के परांठे और चाट तैयार करने को कहा। ये दोनों चीज़ें वहां सबको बहुत पसन्द थीं। सारे डिपार्टमेण्ट में वह और मिसेज़ बर्मन ही विवाहित थीं... बाकी सब कॉलेज हॉस्टल में रहती थीं और अच्छी-अच्छी चीज़ें खाने की उनकी फर्माइशें बनी ही रहती थीं।

उसे अपनी फेयरवैल पार्टी की याद आई। साढ़े दस साल की सर्विस थी। प्रिन्सिपल ने अनेकानेक शुभ कामनाओं के साथ फूलों के बडे-बड़े गुलदस्तों के बीच पार्कर पेन का एक सैट रखकर दिया था—"मिसेज़ चोपड़ा, आप इसी पैन से अपनी थीसिस पूरी करिए ! जब भी वापस आकर काम करने का मन हो, बिना किसी संकोच के चली आइए, यहां आपका हमेशा ही स्वागत है !" उसके डिपार्टमेण्ट की सभी लेक्चरर्स गाड़ी तक छोड़ने आई थीं...'भई रमाजी, कॉलेज भले ही छोड़ दीजिए, पर लंच के समय खाना लेकर ज़रूर आ जाया करिए,' तो उसकी नम आंखों में भी हंसी चमक उठी थी। तब उसे कुन्दन की बात याद हो आई थी—"तुम वहां पढ़ाने जाती हो या खाने ! फोन पर भी जब तुम लोगों की बातें होती हैं तो खाना ही डिस्कस होता है !" उसने केवल उन लोगों से ही नहीं कहा था, बल्कि मन में भी सोचा था कि लंच के समय वह कॉलेज चली ही जाया करेगी। आखिर उसे भी तो अपने को कॉलेज से एकदम काट लेने में काफी कष्ट होगा...इस तरह धीरे-धीरे तो फिर भी...

तो क्या कुन्दन ने ठीक ही कहा था ? कॉलेज छोड़ने का निर्णय लेकर वह चुपचाप रो रही थी और कुन्दन उसे समझा रहा था—मैं

कह रहा हूं तुम्हें कतई अकेलापन नहीं लगेगा, तुम ज़रा भो कमी महसूस नहीं करोगी; रादर यू विल फील रिलीव्ड। कितना स्ट्रेन है तुमपर आजकल।

कुन्दन को एकाएक विदेशी कम्पनी में इतनी बड़ी नौकरी मिल जाएगी, इसकी आशा औरों को चाहे रही भी हो, कुन्दन को बिलकुल नहीं थी। डॉ॰ फिशर से पिछले आठ साल से उसके सम्बन्ध थे, विशुद्ध व्यावसायिक सम्बन्ध। उनकी प्रशंसा और सद्व्यवहार को भी वह व्यावसायिक औपचारिकता से अधिक कुछ नहीं मानता था पर...

दस-बारह दिन तक केवल जश्न ही मनाया था रमा और कुन्दन ने। पैसे की उसे इतनी लालसा नहीं थी, पर मारवाड़ी कन्सर्न का काम उसके मिज़ाज के बिल्कुल अनुकूल नहीं था। रमा इस नये माहौल से नितान्त अपरिचित नहीं थी—क्लब, डान्स, डिनर, कॉकटेल यह सब वह बचपन से देखती आई थी, पर बस देखती ही आई थी, उसमें अपने को कभी घुला नहीं पाई थी।

डॉ॰ फिशर ने कुन्दन को केवल नौकरी ही नहीं दी थी, धीरे-धीरे वे उसकी सारी ज़िन्दगी का पैटर्न भी तय कर रहे थे। उसे दोतीन क्लबों का मेम्बर बनना पड़ा। आए दिन दूसरी कम्पनियों के बड़े-बड़े अफसरों को एण्टरटेन करना पड़ता। विदेशियों को हिन्दूस्तानी खाना खिलाने के बहाने उसे घर में भी बड़ी-बड़ी पार्टियां करनी पड़तीं। और तीन महीने पहले उसे कम्पनी की ओर से यह फ्लैट मिल गया। उसने सोचा वह अपने इस नये घर को निहायत ही आरिएण्टल ढंग से सजाएगा, विदेशियों के लिए तो यही नवीनता होगी।

पर घर के लिए नया फर्नीचर बनवाने, चुन-चुनकर चीज़ें खरीदने के लिए दोनों में से किसीके पास भी समय नहीं था। कुन्दन चाहता था यह काम रमा को करना चाहिए, उसको रुचि बहुत अच्छी थी, यों भी यह काम उसीका था। पर रमा के पास समय ही नहीं रहता। सवेरे उठकर वह बण्टी को तैयार करके स्कूल भेजती। फिर खुद तयार होती। तैयार होते-होते

ही वह नौकर को आदेश देती जाती, सारे दिन का काम समझती; नाश्ता करते-करते वह अपना लेक्चर तैयार करती, तैयार तो क्या करती बस सूंघ-भर लेती। फिर नौ बजे कुन्दन के साथ ही निकल जाती। तीन के करीब वह लौटती...थोड़ा आराम करती और फिर शाम की तैयारी। बाहर नहीं जाना होता था तो घर में किसीको पाना रहता था।

रात ग्यारह-साढ़े ग्यारह पर वह सोती तो थककर चूर हो जाती। कुन्दन को उस समय हल्की-सी खुमारी चढ़ी रहती, कहता—"डोण्ट बी० सिली। पार्टी में कैसे थक जाती हो ? गाड़ी में बैठकर जाती हो... खाना-पीना, हंसी-मज़ाक, इनसे भी कहीं थका जाता है? गाड़ी में बिठाकर ले आता हूं !"

रमा तब केवल सूनी-सूनी आंखों से उसे देखती रहती। मन की भीतरी परतों पर हिस्ट्री के वे टॉपिक्स तैरते रहते जो उसे कल पढ़ाने होते, और जिन्हें वह ज़बरन ही दिमाग से बाहर ठेलने का प्रयास करती रहती। कुन्दन उसे बताता रहता कि डॉ० फिशर उससे कितने खुश हैं, कितना इम्प्रेस कर रखा है उसने ; एकाएक ही उसे अपना भविष्य बहुत उज्ज्वल दिखाई देने लगा है। पता नहीं थकान के कारण या किसी और वजह से वह उतना उत्साह नहीं दिखा पाती तो कुन्दन बिगड़ पड़ता, "क्या बात है, देखता हूं तुम्हें कोई दिलचस्पी ही नहीं है मेरे राइज़ में... 'यू सीम टू बी..."

"क्या बेकार की बातें करते हो, मुझे नींद आ रही है !"

कभी कुन्दन फोन पर कह देता कि ठीक सात बजे तैयार होकर रहना और आकर देखता कि वह तैयार हो रही है तो बिगड़ पड़ता— "रमा, तुम्हें टाइम की सेन्स कब आएगी..." कभी घर पर खाना होता और कोई कसर रह जाती तो रात में बड़े संभालकर कहता, "मैं यह नहीं कहता कि तुम खाना बनाओ...तीन-तीन नौकर तुम्हारे पास हैं, पर ज़रा-सा देख-भर लिया करो !" ऐसे मौकों पर रमा चुप रहती।

उस दिन कॉलेज में रमा को एक पेपर पढ़ना था। उसने खुद ही ऑफर किया था। सोचा था इसी बहाने एक टॉपिक तैयार हो

जाएगा, पर बिलकुल भी तैयारी नहीं कर पाई। रात में लेटी तो रोना आ गया।

"मुझसे यह सब निभता नहीं !" एक पार्टी से लौटकर बिना कपड़े बदले ही कटे पेड़ की तरह पलंग पर गिरकर उसने कहा।

"क्या नहीं निभता !"

"यह रवैया मेरे बस का नहीं है। कितना गिल्टी फील करती हूं। बिना तैयार किए पढ़ाना, लगता है जैसे लड़कियों को धोखा दे रही हूं। दो घण्टे का समय भी तो मुझे अपने लिए नहीं मिलता !"

कुन्दन सोच रहा था कि रात में रमा के साथ वह एक-एक कमरे को अरेंज करने की योजना बनाएगा। कलर-स्कीम के लिए उसने जेन्सन-निकलसन वालों से बात की थी। रमा की बात सुनी तो चुप रह गया।

"बण्टी की रिपोर्ट देखी ? हमेशा फर्स्ट आया करता था, इस बार सेविन्थ आया है !"

बगल में लेटकर, रमा को अपनी ओर खींचते हुए कुन्दन ने बहत प्यार-भरे लहजे में कहा, "तो तुम उसे पढ़ाया करो !"

"कब पढ़ाया करूं, तुम्हीं बताओ ! शाम को पांच से सात बजे का जो समय मिलता है, उसमें वह खेलने जाता है !"

"तो तुम्हीं बताओ मैं क्या करूं !" बालों में हाथ फेरते हुए कुन्दन ने बहुत ही मुलायम स्वर में पूछा।

"कल मुझे पेपर पढ़ना है। पन्द्रह दिन पहले टॉपिक मिला था। एक लाइन भी नहीं लिखी है...अव कोई झूठा बहाना ही तो बनाना पड़ेगा !"

कुन्दन की उंगलियां बालों पर से उतरकर गालों पर फिसलने लगीं।

दस साल पूरे हुए...छः, आठ महीने में अपनी थीसिस सबमिट कर देती तो मेरा सिलेक्शन-ग्रेड में आना निश्चित ही था, पर ऐसी हालत रही तो..."

रमा रो पड़ी।

दूर कहीं कुन्दन के कानों में डॉ० फिशर के शब्द गूंज रहे थे—

जनवरी में जर्मनी से डाइरेक्टर आने वाले हैं, हमें यहां का सारा काम दिखाना होगा। एक नया प्लांट बिठाने की भी योजना है, उसके लिए कुछ रिसपॉन्सिबल लोगों की ज़रूरत होगी...सम स्मार्ट यंग मैन ! बिज़नेस में सोशल कॉन्टेक्ट्स पे करते हैं। यू विल हैव टु बी वैरी सोशल !"

कुन्दन को इन बातों में हमेशा अपने लिए कुछ संकेत, कुछ आश्वासन मिलते।

"लकीली योर वाइफ़..."

"तुम मुझे छोड़ जाया करो। कोई ज़रूरी है कि मैं हर दिन तुम्हारे साथ ही जाया करूं !"

कुन्दन कुछ देर उसे योंही सहलाता रहा, फिर एकाएक उसे बांहों में भरता-सा बोला, "तुम्हें छोड़कर आज तक मैं कहीं गया हूं, जा सकता हूं ? ऑफिस के अलावा हमेशा हम साथ जाते हैं। तुम तो जानती हो कि तुम्हारे बिना मुझे कुछ भी अच्छा नहीं लगता !"

रमा खुद इस बात को जानती है। उनका आठ साल का विवाहित जीवन दोस्तों के बीच ईर्ष्या और प्रशंसा का विषय रहा है। समझ नहीं पाई क्या कहे ! वह जब तक सो नहीं गई, कुन्दन उसे प्यार से थपथपाता रहा।

"मेम साहब, परांठे अभी बनेंगे !"

"...ऐं !" चौंकते हुए रमा ने पूछा। फिर बोली, "नहीं, नहीं, साढ़े बारह बजे बनाना है, एक बजे हम कॉलेज जाएंगे आज। इतने एक चक्कर बाज़ार का लगा आऊं, सोफे का कपड़ा लाकर दे दूं !" उसने एक बार भीतर जाकर मिस्त्रियों को याद दिला दिया कि आज पॉलिश हर हालत में खतम कर देनी है।

फिर अपनी डायरी देखी—बाज़ार से और क्या-क्या सामान लाना है। कपड़े बदलने अन्दर गई तो नौकर ने रैक से सारी किताबें निकाल रखी थीं और पोंछकर जमा रहा था।

इनमें से एक किताब भी उसने नहीं पढ़ी है, कुछ पर तो अभी तक अपना नाम भी नहीं लिखा है। कुन्दन ने भी जोश में आकर एक दिन में

इतनी ढेर-सी किताबें खरीदकर सामने रख दी थीं।

बात शुरू दूसरे स्तर पर हुई थी। कुन्दन ऑफिस से लौटा था तो बिना किसी प्रसंग के रमा ने कहा, "मैं कॉलेज छोड़ दूंगी। इस तरह काम करने से तो नहीं करना ज़्यादा अच्छा है !" स्वर में न कहीं तल्खी थी न शिकायत, बड़े सहज स्वर में उसने कहा था।

कुन्दन देखता रहा। यही वाक्य था जिसे उसने अनेक बार, अनेक तरह से मन ही मन में दोहराया था, पर कहने का मौका नहीं मिला था। अब तो उसे यह और भी ज़रूरी लग रहा था, क्योंकि जनवरी तक उसे अपना सारा घर डेकोरेट करना था...ओरियण्टल स्टाइल पर। फिर भी उसने पूछा, "क्या बात हो गई !"

"कुछ नहीं !"

कुन्दन को इस समय और बात खींचना अच्छा नहीं लगा। चाय का प्याला हाथ में लिए ही लॉन में निकल गया। कैक्टस की जितनी किस्में ला सकता था, लाकर उसने फाटक के दोनों ओर बड़ी खूबसूरत रॉकरीज बनाई थीं। बम्बई से मंगवाकर घास लगवाई थी। पर लॉन से वह अभी भी सन्तुष्ट नहीं था। चाहता था लौन पर्शियन कार्पेट कार्यट में बदल जाए।

रात में फिर वही प्रसंग चला। कुन्दन उससे बचना चाहता था और जानना चाहता था कि रमा ने सचमुच ही यह निर्णय ले लिया है या कि केवल कुन्दन पर अपना आक्रोश प्रकट कर रही है। पर रमा ने इतना हो कहा, "निभता नहीं, कल इस्तीफा दे दूंगी !"

स्वर के भीगेपन ने कुन्दन को भी कहीं से छुआ ज़रूर, फिर भी सारी बात को एक हल्के-से मज़ाक में बदलने के लहजे से उसने कहा, "छोड़ो भी यार, वैसे भी क्या रखा है एंशिएण्ट हिस्ट्री पढ़ाने में ! चोल वंश, चेदि वंश के बारे में न भी जानेंगे तो कौन-सी ज़िन्दगी हराम हो जाएगी !"

रमा चुप।

"इससे तो तुम खूब किताबें पढ़ो, मैगजीन्स पढ़ो...कुछ छुटपुट क्लासेज अटेण्ड कर लो। बण्टी को पढ़ाओ ! दुनिया भर के बच्चों को पढ़ाओ और अपना बच्चा निगलेक्ट हो..."

रमा चुप।

कुन्दन उस चुप्पी पर खीज आया, फिर भी अपने स्वर को भरमक संयत बनाकर बोला, "तुम्हें शायद लग रहा है कि मेरी वजह से, इस नई नौकरी की वजह से तुम्हें अपना काम छोड़ना पड़ रहा है...पर यह तो सोचो, मुझे ही इस नौकरी में क्या दिलचस्पी है ? तुम्हारे लिए, बण्टी के लिए..."

"मैंने तो ऐसा नहीं कहा। मैं तो यही सोच रही थी आखिर मेरे मन के सन्तोष के लिए क्या होगा !"

"मेरा सन्तोष तुम्हारा सन्तोष नहीं है ? मेरी तरक्की तुम्हारी तरक्की नहीं है !"

"है क्यों नहीं ? मेरा यह मतलब नहीं था। दस साल से काम कर रही थी...छोड़ दूंगी तो मेरा मन कैसे लगेगा !"

"मैं तो सोचता हूं, तुम्हें यह सब सोचने का समय ही नहीं मिलेगा !" शाम को उसने तीन बण्डल किताबें लाकर उसके सामने रख दी थीं—'लो पढ़ो।'

और सचमुच उसके बाद उसे वह सब सोचने का समय ही कब मिला। आज भी मिसेज़ बर्मन के टेलीफोन ने ही उसे कॉलेज की याद दिलाई, बर्ना...

सारे दिन गाड़ी में घूम-घूमकर उसने घर का सामान सरौंदा है। पर्दों के लिए उसने लूम वालों से यह तय किया कि चालीस गज़ कपड़ा बनाकर वह उस डिज़ाइन को नष्ट कर देंगे, जिससे उसके पर्दे और कहीं देखने को भी न मिलें। डिज़ाइन भी उसने खुद पसन्द करके बनवाया था।

राजस्थान की किसी रियासत का बहुत-सा सामान नीलाम हुआ था। कितने दिनों तक वह वहां जा-जाकर बैठी थी–पुरानी पेंटिग्ज़, झाड़फानूस, और भी सजावट की छोटी-मोटी चीज़ें उसने खरीदी थीं।

आज दरवाज़ों का पॉलिश समाप्त हो जाएगा तो सारा सामान जमाना है। डाइरेक्टर बम्बई आ गए हैं, अगले सप्ताह तक यहां आ जाएंगे, तब तक बह सब जमा लेगी। 'इन्टीरियर डेकोरेटर्स' वालों के

यहां से एक आदमी बराबर आता रहा है। उसे फोन करने का ख्याल आया।

लाइन एंगेज्ड थी।

वह बाहर जाने के लिए निकल ही रही थी कि टेलीफोन की घण्टी बजी। रमा ने रिसीवर उठाकर अपना नम्बर बोला—

"ओह, मैं सोच रहा था तुम कहीं मार्केट के लिए नहीं निकल गई होओ!"

"बस निकल ही रही थी!"

"सुनो डार्लिंग, लंच पर मेरे साथ एक साहब होंगे, यहीं के हैं, बहुत फॉर्मल होने की ज़रूरत नहीं है, बस ज़रा-सा देख लेना... डेकोरेटर को फोन किया!"

"किया था, पर लाइन नहीं मिली, लौटकर फिर करूंगी "

"ओ-के!" खट!

रसोई में जाकर रमा ने कहा, "थोड़ी सब्ज़ियां उबालकर इन उबले हुए आलुओं में मिला दो। परांठे नहीं बनेंगे, वेजिटेबिल कटलेट बना देना!

फिर उसने फ्रिज खोलकर देखा—सब कुछ था। जब वह कॉलेज जाती थी तो कुन्दन का लंच आफिस जाता था, पर आजकल वह लंच के लिए घर ही आता है।

पहली तारीख। लंच के लिए कुन्दन आया। जब भी वह घर आता, एक बार सारे घर का चक्कर लगाता। इस नई साज-सज्जा को हर एंगिल्स से देखता...और उसके चेहरे पर एक सन्तोषमय,गर्वयुक्त उल्लास चमकने लगता। कभी-कभी इस उल्लास में रमा को बांह में भरता हुआ कहता, "यू आर रीयली वण्डरफुल!" यों खुले में चूमने की मर्यादा वह तोड़ नहीं पाया था, इसीसे केवल उसे दबाकर छोड़ देता।

पूरा चक्कर लगाकर बोला, "आई थिंक एवरी थिंग इज़ इन ट्यून! क्यों!"

कलफ लगा नैपकिन फड़फड़ाता हुआ उसकी गोद में फैल गया।

"अब कोई आए, मुझे चिन्ता नहीं। पांच तारीख को डाइरेक्टर आ रहे हैं—मैं इस बार एक बड़ी पार्टी घर पर ही करूंगा !"

रमा खाती भी जा रही थी और उसकी प्लेट का ध्यान भी रख रही थी। जो चीज़ खतम हो जाती, रख देती।

"बस यार, वो रौब पटकना है कि डाइरेक्टर की नज़रों में जम जाऊं ...एक बार ये लोग इम्प्रेस हो जाएं तो रास्ता साफ है। डॉ० फिशर तो जब भी कोई मौका आएगा, मेरे फेवर में ही राय देंगे !"

रमा कुन्दन के बच्चों जैसे पुलकमय आवेश पर मन्द-मन्द मुस्कराती रही।

"मेम साहब, आपका फोन है !"

"किसका है ? बोलो, बाद में करेंगे। मेम साहव इस समय लंच ले रही हैं !"

कुन्दन इस समय रमा को वह सारी बातें सुनाना चाहता था, जोआज उसके और फिशर के बीच हुई थीं। कितने स्पष्ट थे सारे संकेत ! फिर भी वह अपने अनुमानों का रमा से समर्थन करा लेना चाहता था।

"कॉलेज से मिसेज़ बर्मन का है !" बैरा लौटने लगा।

"अरे ठहरो !" और रमा एकदम उठ खड़ी हुई।

बातें शुरू हुई तो वह भूल ही गई कि कुन्दन खाने की मेज़ पर बैठा है और वह खाना बीच में ही छोड़कर आई है।

"अरे डार्लिंग, आओ न ! तुम औरतों का भी बस एक बार चरखा चल जाए तो खत्म नहीं होता !"

रमा लौट ही रही थी—"चरखा क्या, कोई इतने अपनेपन से बुलाए तो मैं ठोक से बात भी न करूं ! यह भी कोई बात हुई भला !"

"अच्छा, अच्छा, अब अपना खाना खतम करो !"

"तुम्हारा हो गया तो तुम उठो न !"

"नो... नो... यह कैसे हो सकता है भला !"

खाने के बाद कॉफी लेकर, इज़ी चेयर पर आराम करते हुए कुन्दन ने सिगरेट सुलगा ली और गोल-गोल छल्ले के रूप में धुआं उगलता

रहा। फिर रोज़ की तरह पांच मिनट के लिए आंख मूंद लो रमा अखबार पलटने लगी।

"अब चलें !" झटके से कुन्दन उठ खड़ा हुआ।

कोट उठाया तो तनख्वाह की याद आई। भीतर की जेब से नोटों के दो बण्डल निकाले—एक बड़ा, दूसरा छोटा।

"अरे यह क्या, तनख्वाह ले आए ? आज क्या पहली तारीख हो गई ? रमा को आजकल तारीख और दिनों का कुछ ख्याल ही नहीं रहता।

"ये आया, बैरा और खानसामा के हैं। अस्सी, अस्सी और सौ !" छोटा बण्डल बढ़ाते हुए कुन्दन ने कहा। रमा ने बण्डल ले लिया।

"और यह तुम्हारा है !" फिर ज़रा-सा झुककर बोला।

"अब जो मुनासिब समझो, इस गुलाम को पान-सिगरेट के लिए दे देना !" और हंस पड़ा। रमा भी मुस्करा दी।

"बा...बाई..." और लाल बजरी की सड़क पर तैरती हुई कुन्दन की कार रमा को वहीं छोड़कर आगे चली गई।

वह एक अकेला

—राजेन्द्र अवस्थी

जब मैं आया ही था, मैंने उसे कम जाना था। बस, हर घड़ी गिरती-उठती आवाज़ें और नौकर को ज़ोर-ज़ोर से डांटने-वाले हकलाते-लड़खड़ाते शब्द ! जब मैं काम में लगा होता, तब भी अक्सर मुझे ऐसी ही आवाज़ें सुनने को मिलतीं। मैं कॉरीडोर में पा जाता और खिड़कियों से झांककर उसे देखता—उसके घर के अंदर मुझे हिलते-तैरते परदे दिखाई देते। बैंगनी रंग का जालीदार सोफा दूर से चमकता और घर के भीतर से विदेशों से स्मगल किए हुए तैल-इत्रों की सुगन्ध सड़क तक आकर बिखर जाती। कई बार वह अपने ड्राइंग-रूम में लगे आदमकद शीशे के सामने खड़ा दिखाई देता। उसका उभरता अक्स अजीबी-गरीब शक्लें पेश करता। गोया वह रोज़ किसी नाटक या फिल्म की रिहर्सल करता है। मैं देखता, वह कई तरह से अपना सिर झटकता है। अपने बाल बनाता और बिगाड़ता है और फिर पीछे से निकल रहे छोटे-से चौखटे पर हलका-हलका दर्द-भरा हाथ सहलाता है।

उस रात जद्दनबाई के जलसे में उससे मुलाकात हो गई। उसकी भटकती आंखों ने मुझे एकाएक पकड़ लिया।

"हाल ही आए हैं शायद !"

"जी, बिलकुल हाल ही !"

"पड़ोसी हैं, तब भी बेगानों की तरह रहते हैं "

"अब नहीं रहूंगा !"

"प्रॉमिस !"

"प्रॉमिज़्ड !"

दूर की आवाज़ें पास आ गईं। नौकर कामचोर हैं, 'केना-केना' करता है। पहाड़ी है, अलमोड़े का ! हिन्दी जानता नहीं। बराबर हर बात के आगे-पीछे केना लगाकर बात कहता है।

"केना चाय लाऊं, केना !"

एक बार ठीक, दो बार ठीक ! फिर... । वह गरजता है। उसे डांटता है। वह उसी तरह हंसता रहता है।

"हरामखोर कहीं का !"

"जी ऽ ऽ ऽ ऽ !"

"जा, जाकर अण्डे ले आ ऽ ऽ ऽ !"

वह लौटकर आता है, पूरे तीस मिनट बाद, तो फिर वही आवाज़ें:

"कितनी दूर है दूकान !"

"................ !"

"बोलता क्यों नहीं, हरामज़ादा ! मार-मारकर तेरी तबीयत दुरुस्त कर दूंगा। समझा !"

"जी !"

इस 'जी' का क्या जवाब है ? वह खीझता है और चुप हो जाता है। आदमकद शीशे के सामने जाकर फिल्टर वाली विल्स का पैकेट खोलता है। एक सिगरेट जलाता है और पीने लगता है। सिगरेट के दो-तीन कश लेकर फिर उसे फेंक देता है।

"चाय पीजिएगा !"

"नहीं !"

"नहीं क्यों, नाश्ता भी करेंगे !...अबे...ओ...ओ, हरामखोर, अण्डे हैं ? न हों तो ले आऽऽऽ ! चाय और आमलेट बना ले !"

वह अपने-आप खुश होता है—"अमेरिकी सिगरेट पिलाऊं !" वह 'केम्प' का पैकेट निकालकर सिगरेट मेरी ओर यूं बढ़ाता है कि मेरे हाथ आगे सरक ही जाते हैं। एक बड़ी फर्म में वह असिस्टेण्ट मैनेजर है। कुछ सालों तक अमेरिका में रहा है। वहां से लौटा है तो उसकी नज़रें ही बदल गई हैं। लौटना जैसे एक मजबूरी रही है और अब यहां रहना उससे बड़ी मजबूरी है। वहां की फिजाएं जैसे उसे खींच-खींचकर बुलाती हैं। याद करते-करते वह मूड में आ जाता है, तब एक के बाद एक लिफाफे खोलने लगता है :

"माई डीयर डार्लिंग,

.... !"

पढ़ते-पढ़ते उसकी आंखें नम हो जाती हैं। मेरी ओर वह पत्न बढ़ा देता है। एक चिकने-खूबसूरत कागज़ पर वह पत्न अंग्रेज़ी में लिखा है। लौसएंजिल्स से आया है :

"तुम्हारी याद आज भी आती है। मैनड्रेक एक छोटा-सा कस्बा है। आजकल यहीं हूं। हमारा छोटा-सा खूबसूरत धर है। बाहर हमने एक बाग लगा रखा है। उसमें क्रिसेंथिमाम के फूल हैं। इस समय वे फूल रहे हैं। नीले फूल देखती हूं तो तुम्हारी याद आती है। कितने प्यारे हैं ये फूल !... मैं अब दो सुन्दर बच्चों की मां हूं। दोनों बड़े खूबसूरत हैं। मेरा पति इंजीनियर हैं। बच्चों को खूब प्यार करता है। सोचती हूं, उससे शादी न करती तो शायद वह ज़िन्दगी की सबसे बड़ी गलती होती !"

वह मेरे हाथ से पत्न छीन लेता है। यह वाक्य एक कांटे की तरह चुभता है उसे—"बेहया. . . . . . ! एक ज़माना था, मेरा चेहरा पकड़कर घूरा करती थी। पिकनिक से लौटकर सांझ के अंधेरे में हम दोनों बांहें डाले घण्टों एक-दूसरे से लिपटे रहे हैं। पसीने से तर होने के बाद हमने एक-दूसरे में मद-भरी सुगन्ध पाई है। उसके नाज़ुक होंठ हमेशा मेरे पास रहे हैं। वायदों का तो बयान नहीं। जिस रात लौसएंजिल्स से जा रहा था, बेहद सर्दी थी। तब भी एक फ्रॉक के सिवाय उसने कुछ नहीं पहना था। इसलिए कि वह एक महीन फ्रॉक में ही मुझे खूबसूरत लगी है। उसके हर उभार को मैंने उसी में देखा हैं। हवाई जहाज़ उड़ गया तब भी मुझे

लगा जैसे वह उसके पंखों में ही कहीं न कहीं फंसी है। बेचारी बेचारी बड़ी निराश हुई, मैं शादी कर लेता तो... !"

वह रुक जाता है। एक लम्बी सांस लेते हुए, चुप, उस पत्र को करीने से तह कर फिर लिफाफे में रख देता है। लिफाफे को संघता है, जैसे उसके पसीने की सुगन्ध उसमें उतर आई हो। वह उसे चूम लेता है और आलमारी खोलकर उस लिफाफे को रख देता है।

वह फिर दूसरा लिफाफा खोलता है—एक बंगाली लड़की का। कलकत्ते की है वह।...फिर तीसरा...चौथा... ! सारे लिफाफे एक ही स्वर में, एक ही आवाज़ करते हैं। और वह सभीकी सतहों पर एक ही तरह से अपनी छाया देखता है। हर प्यार उसका सहारा चाहता रहा है और अब हर जगह उसे खण्डहर खड़े दिखाई दे रहे हैं। मुगलिया दरबारों की तरह उनमें जड़े हीरे-जवाहरात तो उखड़ चुके हैं, अब बालों के बीच से धीरे-धीरे उभरती सतह ही नज़र आती है। आदमकद शीशे के सामने वह अपने को अब भी शायद वही देखता है। सपनों को इस तरह संजोना बुरा तो नहीं !

वह कहता है, "आज ड्रिंक हो जाए, शाम !"

"हो सकती है !"

"पर मैंने खरीदने की कसम खा रखी है !"

"और मुफ्त पीने की !"

मैं ज़ोर से हंस देता हूं, पर वह गम्भीर हो जाता है और अपने ऊपर चढ़े एक लम्बे कर्ज का हिसाब समझाने लगता है—उस कर्जे का जो उसका अपना किया हुआ है, लेकिन जिसे वह दोस्तों के पैसों से शराब पीकर उतारना चाहता है ; क्योंकि उसने अपने पैसों से शराब न खरीदने की कसम खा रखी है, और शायद यह भी कसम खा रही है कि पिएगा तो दोस्तों के पैसों से। दोस्ती के भी आखिर कुछ मायने होते हैं !

उसे अपने-आपपर भरोसा है।

वह यह नहीं जानता कि वह अपने को भुलाए हुए है और एक बहकावे में डाले है। उसकी ज़िन्दगी की किताब के कई पन्ने भर चुके

हैं। हर पन्ने की अपनी एक कहानी है—झूठ और फरेब की कहानी है ! कहानी जो सिर्फ कहानी है !

एक फ्रेमलगी तसवीर के पीछे गत्ते होते हैं और दर्जनों कीलें ! तसवीर हाथ न लगे तो यह राज़ पता न चले। यह तसबीर अब मेरे हाथ में है। मैं उसके उन कीलों को भी देख रहा हूं, जिनमें कभी का जंग लग चुका है। तसवीर जिस कील से लटकी है, वह भी मेरे सामने है। मैं अब उस पड़ोसी को भी जान लूंगा, जहां की जाली हमेशा चरमराती हुई खुलती है और भीतर का दरवाज़ा हमेशा गुम-सुम चुप और मासूम रहता है। उस गीत का राज़ भी मेरी समझ में आ जाएगा, जो रोज़-ब-रोज़ उसी तरह से उभरता है, तैरता है और फिर खो जाता है ! वहीं से चिकने ताश फिसलते हैं। बादशाह और मेम के झगड़े में गुलाम बेकार चीखता है। फ्लैश के किसी दौर में बेल का बाज़ी मार ले जाना बड़ी बात होती है। तब वहां कबाडियों की तरह शोर होने लगता है।

वह निहायत शरीफ आदमी है। हर आदमी की इज़्ज़त करना जानता है। किसी आदमी को कभी भूलता नहीं। भुलाए वह अपने-आपको है—आसमान में उड़नेवाले पक्षी की तरह, जो थकता तो स्वयं है, लेकिन सोचता है, यह थकान उसकी नहीं, आसमान की है। इस भुलावे से वह खुश होता है, इसीलिए शाम को अपने घोंसले में घुस जाता है। एक अविजित और अपराजेय ताकत को हराकर वह अपने घोंसले में लौटता है। वह एक लम्बी सांस लेता है।

दीवार के उस पार से कुछ आवाज़ें आ रही हैं -हंसी-ठट्ठे की और हाथों के पीटने की। ये आवाज़ें नहीं, शोले हैं। इसकी गवाही है, यह बीच का दरवाज़ा ! वह उठकर घूमने लगता है। अपनी मुट्ठियां बन्द कर बीच के दरवाज़ें पर दे मारता है। आवाज़ें एकदम बन्द हो जाती हैं — "बदतमीज़ !"

वह मूड में आ जाता है। मुझसे कहता है, जानते हो, यह किसकी आवाज़ है !"

"नहीं," मैं सिर हिला देता हूं।

"मिसेज़ सेठी की !" वह कहता है। कहते-कहते झुकता-सा जाता

है। फिर अपने को संभालकर टेलीफोन के पास पहुंच जाता है। कोई नम्बर डायल करता है। सोफे पर एकाएक चित्त लेटकर बातें करने लगता है—"हाउ आर यू... ? लंच पर आ रही हैं... ? अजी, ऐसा भी क्या काम है ?....'शीला' में नई फिल्म लगी है... 'केन केन'...'लाजवाब है। कहिए तो सीट रिजर्व करा ली जाए... ? क्या, यू...तीन सीट...तीसरी किसके लिए ? ओफ, तब तो सारा मज़ा ही जाता रहेगा... ! अच्छा, अच्छा ! ये मज़ाक ठीक नहीं... तुम्हारी फ्रेण्ड है, तो मेरी भी है...तीन सीट...तो मैं तीन टिकटें लेकर रखूंगा...एं...टा-टा !"

रखने के पहले वह टेलेफोन को चूम लेता है। फिर कहता है, "मित्र, मैं तो इन सबके मारे परेशान हूं ! रोज़ पिक्चर, रोज़ पिक्चर ! आज उसने तीन टिकट लेकर रखे हैं। जाना ही पड़ेगा !"

मैं चुपचाप मुसकरा देता हूं। आदमी कितना बेखबर होता है। मेरे सामने ही तो बातें कर कर रहा था वह। पर उसके साथ ये बातें नई नहीं हैं। कुछ दिन पहले कह रहा था, "मेरासोफा खरीद लो !"

मैंने पूछा, "कितने का है !" उसने कहा, "बस, पांच सौ दे देना !" बाद में जब मैं नया सोफा सस्ते में ले आया तो कहने लगा, "मेरा सोफा देखा है न आपने—सिर्फ सौ रुपये का है। एक एम्बैसी में नीलाम हो रहा था, मैंने खरीद लिया !"

वह तरोताज़ा होकर बैठ जाता है। नौकर को आवाज़ देता है—"रामसिंह, अबे, चाय ला !" वह चाय पिलाता है और उसका किराया भी वसूलता जाता है !

"आप इस दरवाज़े को नहीं पहचानते !"

"नहीं !" मुझमें दिलचस्पी जाग्रत् होती है।

"आप सचमुच नहीं जानते ! कभी यह होते हुए भी नहीं था। मिसेज़ सेठी को जानते हो न !"

"जानता नहीं, बाहर के साइनबोर्ड में उनका नाम पढ़ा है !"

"तो जान लो, वही अकसर इस दरवाज़े को तोड़ती रही हैं—कभी टेलीफोन के लिए, कभी क्रॉकरी के लिए और कभी यूंही अपने

दोस्त-मित्रों के उपयोग के लिए। रामसिंह मुझसे ज़्यादा उनका नौकर रहा है। लेकिन... !" वह आवाज़ लगाता है—"अबे, हरामखोर के बच्चे, कहां गया था !"

नौकर धीरे से कहता है, "मेम साहब ने लेमन-ज्यूस मंगाया था !"

वह ज़ोर से चिल्लाता है, इतने ज़ोर से कि मिसेज़ सेठी सून लें—'हरामखोर, नौकरी यहां की करता है या वहां की !" नौकर चुप रहता है। उसके चेहरे पर एक पतली-सी मुसकान खिंच जाती है। उसने शायद वे दिन भी देखे हैं, जब मेम साहब का काम उसके हर काम से बड़ा रहा है। एक संकेत में उसे हवा की तरह भागना पड़ता रहा है। उसकी परेशानियां भी तब कम रही हैं ? सुबह पकौड़े समोसे ! छुट्टियों में खाना ! मिस्टर सेठी अक्सर घर देर से आते रहे हैं, अब भी आते हैं। जब वह घर आते, मिसेज़ सेठी गोटे-लगी सलवार या चमकदार साड़ियों में सजी मिलतीं।

वह कहता है, "तब ये टेलीफोन बीच के खुले दरवाज़े को पार कर उनके सोफे तक पहुंच जाता था। नौकर ग्लास में कभी लेमन डालता होता, कभी ह्विस्की या कभी बीयर। 'चीअर्स' हमेशा मिस्टर सेठी के आने के पहले ही हुए हैं। तब वह कहती थी—'यह गलती उनकी है, यदि वह अपना निश्चित समय किसी और जगह या यूं ही रास्ते पर गुजारें।' मुझे हैरानी होती है सुनकर। आदमी के इतने गहरे रिश्ते भी कैसे टूटते हैं ! मिसेज़ सेठी का अकेले उसके सामने नाचना "उसका कभी हाथ पकड़कर, कभी कन्धा पकड़कर सहलाना...बातें और बातें ही बातें... !

'मिसेज़ सेठी, आपकी शादी हुए कितने बरस हुए ?'

'कोई दस !'

'आप झूठ बोलती हैं !'

क्यों ? नहीं, मैं सच कह रही हूं।'

'दस ब... र...स ! ओफ ! लगता है, आपकी शादी कल ही हुई है !" वह रोमैण्टिक हो जाता है और मिसेज़ सेठी उससे अधिक रोमैण्टिक होकर अपनी देह को अपने-आप घूरने लगती हैं। मैं पूछता हूं, "प्यारे

भाई, तब भी दरवाज़ा बन्द हो गया !"

वह कुछ कहना चाहता है कि चूड़ियों के खनकने की हलकी-सी आवाज़ सुनाई देती है। वह बैठे-ही-बैठे झांकता है। कहता है, "चुडैल कहीं की !"

मैं झांककर देखता हूं। वह मिसेज़ सेठी हैं। गाऊन पहने हुए। मिस्टर सेठी को भेजकर लौटी हैं। अभी हाथ हिलाकर 'टा...टा' कर रही थीं। पीठ फेरते ही वह तेज़ी से लाऊंज का गेट बन्द करती हैं। उनका हाथ गेट को इतनी तेज़ी से बन्द करता है, जैसे उन्हें अपने पीछे किसीके घुस आने का भय है। वह कहता है, "अजीब औरत है यह, गाऊन पहने सड़क तक चली जाती है। बेशरम !"

मैं अपने कॉरीडोर से सचमुच मिसेज़ सेठी को रोज़ गाऊन पहने देखता हूं। बाहर वह एक चाल से आती है और भीतर वह दूसरी चाल से जाती हैं। मिसेज़ सेठी का इस तरह गाऊन पहनकर सड़क तक पाना मुझे कभी अच्छा नहीं लगा। वह हमेशा मिस्टर सेठी को पहुंचाने बाहर तक आती हैं। कभी-कभी कुछ बातें करने लगती हैं और बेहद रोमानी हो जाती हैं और अकसर ही मिस्टर सेठी की नाक दबा दिया करती हैं। मैं यह रोज़ ही देखता हूं, इसलिए उसकी यह शिकायत सही भी है। मैं पूछता हूं, "लेकिन ... !"

उसी समय टेलीफोन की घण्टी बजती है। उसका दिल ज़ोर से धड़कने लगता हे। बाथरूम में भी वह हो तो टेलीफोन की आवाज़ सुनकर दौड़ा पाता है। एक-दो बार फिसलकर गिर भी चुका है। बातें करता है तो लगता है, जैसे उसे आवाज़ के साथ-साथ कोई छाया भी दिखाई देती है। टेलीकोन करते समय उसकी मुद्रा कुछ और ही होती है।

टेलीफोन उसने रखा कि एक महिला आ गई—अधेड़-सी महिला ! लेकिन इससे क्या ? औरत उसकी सबसे बड़ी कमज़ोरी है। कोई लड़की सामने हो तो उसकी आंखें ही बदल जाती हैं। वह दिल और दिमाग से सूना पड़ जाता है। तब वह यह भी नहीं चाहता कि और कोई उसके यहां आए या आनेवाला और ठहरे। लेकिन मैं यह भी जानता हूं कि उसके ये क्षण सीमित होते हैं। न हमेशा लड़की होती, न हमेशा टेलीफोन आते। उसके

लिए टेलीफोन तन्हाई के वक्त की सारंगी है। और लड़की उसके उजाड़ तथा दिवालिया मस्तिष्क को एक भूली-भटकी छाया ! हर लड़की के सामने वह दूसरी लड़की को बातें करता है। उसके प्यार के किस्से सुनाता है। फल यह होता है कि वह अपना प्यार तो आवारागर्द की तरह लुटा देता है, बदले में उसे किसीका प्यार नहीं मिल पाता। काफी रात गए भी उसके यहां से कहकहों की आवाज़ें आती हैं। खाली टैक्सियों को आते तथा उन्हें भरे हुए वापस जाते देखा है। न जाने कितनी बार, कितने ढंग से मैंने उसके शब्द सूने हैं—"यो, व्हाट सरप्राइज़ !"

वह आज तक खुद कोई 'सरप्राइज' नहीं दे सका है। मैं वक्त-बे-वक्त उसके साथ घूमने ज़रूर चला जाता हूं। उसके वे किस्से सुनता हूं, जो उन चिरागों के होते हैं, जो कभी रोशन रहे हैं, और अब उनकी छाया तक नहीं है। वह खुद मुखौटा चढ़ाता है और खुद खोल देता है। अपने-आप रोना और अपने-आप हंसना अपने-आप में एक बड़ा गुण है। कभी वह इतना खोखला दिखाई देता है कि उसकी प्यार-भरी बातें भी हंसी उड़ाती-सी नज़र आती हैं। कई बार उसके चेहरे पर ऐसी मासूमियत उभर पाती है कि उसकी हर बात सच-सी लगने लगती है और उसके प्रति हमदर्दी पैदा हो जाती है और उसका दर्द अपना-सा दर्द लगने लगता है।

इतना गहरा पड़ोस टूट गया, उसे दुःख नहीं है। वह कहता है, "अच्छा हुआ जो यह दरवाज़ा बन्द हो गया। बन्द क्या हुआ मैंने करबा दिया। अपने दोस्तों से वह मेरे बारे में न जाने क्या-क्या कहने लगी। एक दिन कह रही थी—'अच्छा-खासा मूरख है, ज़रा-सा मुसकरा दो कि बस, फिस्स ! मैं तो खूब फायदा उठाती हूं !' "

उसने मेरी ओर तिरस्कार-भरी नज़रों से देखा। कहने लगा, "इस तरह कोई मुझे कभी बेवकूफ नहीं बना सका। मैंने जिस दिन यह बात सुनी, उसी दिन दरवाज़ा भी बन्द कर दिया और बीच में यह पटियां भी लगा दी कि कभी इसके खुलने की नौबत ही न आये !"

ईरोज सिनेमा के सामने वह मेरे साथ घूम रहा था। नुक्कड़ पर एक

सज्जन मिल गए। मुझे अचरज हुआ यह जानकर कि वह उसका बॉस है—मिस्टर बोस ! दो मिनट से ज़्यादा दोनों की बातें नहीं हुई होंगी। वह भी-कैसे हैं, अच्छे तो होंगे, सब ठीक है ? जैसी बातें ही। उसके जाते ही उसने शिकायतें करनी शुरू कर दी। ऐसी शिकायतें जो शिकायतों की हर गरमाहट से रोती हों। कैसे इन्हें समेटता है वह ? वह बोला, "यह मेरा बॉस है, बोस ! ... निखट्टू, काम-धाम कुछ नहीं करता। मेरी शिकायतें ही किया करता है। क्या बिगाड़ लेगा मेरा !"

वह अपने बॉस को तुच्छ समझने लगता है। उसके पैर तेज़ हो जाते हैं और हम दोनों गर्ल्स स्कूल के पीछे वाली सड़क पर टहलने लगते हैं। तब वह पिछली सड़क को भूल चुका होता है। कहता है, "लाया तो यही था मुझे यहां !"

"तब !" मुझे अचरज होता है। बोस ने उसे नौकरी दिलाई। अब वह उसीकी शिकायतें करता है।

"तब क्या !" उसने कहा, "काम सारा मैं ही करता हूं, नाम उसे मिलता है !"

मैं हंस देता हूं इस तर्क पर। उससे कुछ कहना चाहता हूं, पर लगता है, कहना वेकार है। उसे शिकायत किससे नहीं—किसकी शिकायत उसने मुझसे नहीं की ? मेरी शिकायत भी उसने ज़रूर किसीसे की होगी !

सामने का मैदान अब तक जा चुका है। नुक्कड़ पर एक नया मकान बन रहा है। चारों तरफ बजरी और नंगी ईंटें पड़ी हैं। इन्हें पार कर हम दोनों आगे आए कि एक लड़की मिल गई। वह हम दोनों को घूरकर देखती है। मैं भी उसे देखता हूं। जब वह मेरे करीब से गुजरकर दूर निकल जाती है, तब मुझे लगता है, जैसे यह कोई पहचानी हुई शक्ल है। हां, याद आया। मैं इस शक्ल को खूब पहचानता हूं। उससे कहता हूं, "यह तो..."

पूरा होने के पहले ही वह अपना दाहिना हाथ मेरी पीठ पर दे मारता है। कहता है, "यही है वह। अब तुम्हारा राज़ मालूम हुआ। अपने कॉरीडोर पर खड़े-खड़े तुम क्या ताका करते हो ! क्यों अपने-आप

गुनगुनाने लगते हो—बो दिल कहां से लाऊं !”

उसकी बात एकदम मेरी समझ में आ जाती है। यह वही लड़की है जो ठीक मेरे सामने रहती है और उसके फ्लैट के ठीक ऊपर वह खड़ी होकर भरतनाट्यम की वे मुद्राएं दिखाया करती है, जिन्हें केवल मैं देख सकता हूं या मेरा वह पड़ोसी देख सकता है जो हमेशा घर के भीतर ही घुसा रहता है। मेम-बादशाह के झगड़े भी उसीके यहां हुआ करते हैं और वहीं से आवाज़ों का हुजूम अकसर मेरे कॉरीडोर तक आता है।

यह पास से तो निकल गई, लेकिन जैसे एक सरगरमी उसके जिस्म में छोड़ गई। वह कहता है, “चलो, आइसक्रीम खा आएं !” मैं उसकी बात मान लेता हूं, गो कि आज ठण्डक ज़्यादा है और यह आइसक्रीम का मौसम नहीं है। वह मुसकराता है। उसका चेहरा हलकी रोशनाई में तैरता-सा नज़र आता है। पुरानी यादें उसे तड़पा जाती हैं। नीचे वाला पड़ोस टूट गया, इसका उसे कभी दर्द नहीं हुआ, पर ऊपर के पड़ोस के टूटने से उसकी सांस का एक तार जैसे टूट गया। कहता है—“नजमा नाम है इसका। खूबसूरत ही नहीं, खूबसूरत गाती भी है और नाचती भी। पीछे के आंगन में उसकी पायलों की आवाज़ें कई बार बिखरी और रुकी हैं। ऊपर से उसका साया शायद ही कोई दिन ऐसा रहा हो, जिस दिन मेरे आंगन में न गिरा हो। उसे उठाने हर बार वही आई है और जितनी बार आई है, कुछ दे ही गई है !”

अब तक हम आइसक्रीम की दूकान तक पहुंच चुके हैं। वह जल्दी से दो चॉकवार लेता है। बार लेकर हम दोनों बाई ओर मुड़नेवाली उस सड़क पर चलने लगते हैं, जहां सर्द रातें और सर्द हो जाया करती हैं। झुके हुए झाड़ सड़क को ढंक लेते हैं। और निहायत तनहा माहौल में वहां का ज़र्रा-ज़र्रा खो जाता है। चॉक का एक कतरा मुंह में लेकर वह मुसकरा देता है। उसके होंठों के दोनों कोरों पर फेन की तरह आइसक्रीम फैल जाती है और वह टूटी लहरों की तरह अपने बिखरे उफान को आगे फेंकने की कोशिश करता है—“बेचारी की सगाई दो बार हुई और दोनों बार

टूट गई ! दूसरी बहिन विधवा है और तीसरी बहिन अधड़ तथा कुआरी ! यह बेचारी बड़ी सीधी है, पर दोनों के बहकावे में आ जाती है। उन्होंने इसे कहीं बहका दिया कि उसके दोनों रिश्तों के टूटने में मेरा हाथ है। मैं हर जगह कहता हूं कि यह लड़की मुझसे प्यार कर चुकी है। अब भी करती है यह..." वह मेरी ओर देखता है और कहता है, "सूना आपने, ये भी कोई कहने की बातें होती हैं !"

वह अपना कंधा मेरे कंधे से भिड़ा देता है। कहता है, "दोस्त शादी न कर मैंने बड़ी गलती की। अब तक शादी कर लेनी थी मुझे !" उसके हाथ अनायास ही सिर के ऊपर चले जाते हैं और उसे हलके-हलके सहलाने लगते हैं।

मैं पूछता हूं, "शादी क्यों नहीं की !"

वह चुप रहता है, जैसे कुछ सोचता है। इसका जवाब शायद वह सोचकर देना चाहता है। उसे चुप देखकर मैं पूछता हूं,"वह रोज अपना गिरा हुआ साया उठाने तुम्हारे आंगन में आती थी, फिर !"

"फिर क्या, उठाकर चली जाती थी— "वह इतनी सरलता से कहता है, मैं बरबस खिलखिलाकर हंस पड़ता हूं। मुझे यूं हंसता देखकर बह झेंप जाता है। कहता है—"क्या समझते हो मुझे ! जिसे चाहूं फोन पर बुला सकता हूं। अगर दौड़ी न चली आए तो कहना !" बह रुक जाता है। मेरी आंखों में देखता है। शायद इसकी प्रतिक्रिया जानना चाहता है। कहता है, एक चॉकवार और हो जाए !"

आज न जाने बह क्यों खुश है और खश है तो मुझे नाराज़ नहीं करना चाहिए। हम लौटकर फिर पीछे जाते हैं। वह दो चॉकबार और खरीदता है और फिर हम दोनों घर की ओर मुड़नेवाली सड़क पर चलने लगते हैं।

चॉकवार का एक कतरा उसी तरह दांतों से काटकर वह अंधेरे में मुझे फिर देखता है। कहता है "दोस्त, तुम भाग्यशाली हो !"

"किस मामले में !" पूछता हूं।

"हर मामले में," वह कहता है, "उस कमबख्त ने बीच का दरबाजा बन्द कर लिया, अब यहां न कभी उसका साया गिरता है और

न कभी वह आती है। और तुम हो जो सुबह-शाम दोनों के करिश्मे देखते हो... !"

मैं हंस पड़ता हूं, यह सुनकर कि किन-किन मामलों में मैं भाग्यशाली हूं। किसी तरह हंसी को रोककर कहता हूं, "इस तरह दूर से देखने में क्या होता है !"

वह इसका कोई जवाब नहीं देता। मुझसे उलटे एकसाथ कई प्रश्न करने लगता है। कहता है, "बता सकते हो, हर लड़की मुझे इसी तरह छोड़कर क्यों चली जाती है ? मेरे घरवाले क्यों मुझपर लानत भेजते हैं ? दफ्तर का बॉस क्यों सिर खाता है ? दोस्त न शराब पिलाते और न पीने देते हैं। क्यों ? क्यों दुनिया बहरी है ? किसी बात को कोई सच क्यों नहीं मानता ? जो मैं देखता हूं, सभी क्यों नहीं देखते ? जो मैं सोचता हूं, सभी क्यों नहीं सोचते ? जिस रास्ते मैं चलता हूं, कोई और क्यों नहीं चलता... !" वह रुक जाता है। फिर अपने-आप कई बातें मिलाकर एकसाथ कहने लगता है। उसका जी चाहता है कि आत्महत्या कर ले। लेकिन वह भी नहीं कर पाता। उसे एक ही बात हर बार याद आती है। वह हर बार एक ही सपना देखता है—किसी तरह फिर अमेरिका वापस चला जाए। लेकिन कई बार उसे अमेरिका भी काटने लगता है—उसने तो शादी कर ली है ! उसके दो सुन्दर बच्चे हैं ! उसका पति इंजीनियर है ! तोसरी बार वह पैरिस जाने की योजना बनाता है और उसे मज़बूत कर लेता है। कल सुबह उठते ही वह पहला काम जो करेगा, वह होगा पासपोर्ट बनवाने का।

वह भूल जाता है, इसके पहले भी उसने कभी कुछ कहा था। अंधेरा हर चीज़ को छिपा लेने के लिए संघर्ष करता है। वह अपनी हर बात को मज़बूती से थामे रहना चाहता है। पर हर बार वह फिसल जाता है, जैसे बिना पांव वाला झूठ लाख कोशिश करने पर भी नहीं थम पाता। मुझे भरोसा है, कल की वह बात भी उसे आज याद नहीं है, जी उसने 'लगूना' में कॉफी के गरम प्यालों के साथ कही थी—"दोस्त, सब भूल सकता हूं, उस बेहया औरत को नहीं भूल सकता, जिसने दस बरस पहले मुझसे

शादी की और फिर अपने-आप घर से चली गई। आज तक उसका पता नहीं है। जाना ही था तो इस तरह भागकर तो नहीं जाती कि मैं बदनामी के काले दागों को हर सफेदी से बचाता फिरूं !"

क्रासिंग

—रमेश बक्षी

मन में यह संघर्ष था ही नहीं कि बुश्शर्ट बदल लूं या नहीं। मैंने अपने पहने हुए बुश्शर्ट की तरफ देखा ज़रूर था, यह भी लगा था कि इसकी क्रीज़ ठीक नहीं है, सामने देखा तो हैंगर पर सूखता सवेरे धोया गया बुश्शर्ट भी टंगा दिखा था लेकिन यह नहीं ही लगा कि बुश्शर्ट बदल ही लूं। आफिस से लौटा था, सो एक तो सारे दिन पीठ झुकाए बैठे रहने की थकान चेहरे पर तैर आई थी, दूसरे, ट्राम की भीड़ में पिसते हुए घर तक आने की परेशानी आंखों में झलकने लगी थी।

अगर यह संघर्ष मेरे मन में होता कि मुझे चाय पीनी है या नहीं या यही कि मैं चाय पीना चाहता हूं और पत्नी चाय नहीं बना रही है, तो चेहरे पर थकान और परेशानी की जगह एक तनाव होता। पहले मैं कहा करता था कि चेहरा और पलंग—ये दोनों अगर खिंचे और तने हुए न हों तो तकलीफ देते हैं। अब भी कुछ कहूं तो अजीब-सी या चौंकानेवाली बात तो कह ही सकता हूं, लेकिन अब कहने की इच्छा ही नहीं होती। पहले मैं ऐसे चलता था जैसे कहीं जुलूस में जा रहा होऊं; आफिस से नहीं लौटता था, जैसे परिवार के लिए कोई जंग फतह करके लौट रहा होऊं, हर काम ऐसे करता था जैसे इस दुनिया पर कोई बहुत बड़ा अहसान कर

रहा होऊं। कुछ होना हो और न हो वह, तो बिखर उठता था, मन से कोई चीज़ एक सूत-भर भी इधर-उधर हुई कि तत्काल आत्महत्या का 'विचार उठ आता था और आत्महत्या से अधिक यह बात मैं सोचने लगता था कि इसका क्या और कैसा असर पड़ेगा। अब ?...छोड़ो। ज़रा देर में अन्दर ही अन्दर 'छोड़ो' बोल लेने-भर से मन में पाया छोटा-सा ज्वार अच्छे बच्चे की तरह बात मान गया है। कोई ज़िद नहीं। कहा—उठो, तो घुटने पर हाथ रखकर उठ गए; कहा—बैठो, तो धम्म-से बैठ गए। अब जाना है तो बिना बुश्शर्ट बदले ही चल देने को है। आगे बढ़ चप्पलों के पास गया हूं। शिथिल पैरों को निर्जीव चप्पलों के अन्दर रख दिया है। दो कदम आगे बढ़ने पर पता चला है कि बायें पैर की चप्पल की ऊपरवाली बद्दी टूटी हुई है। नीचे झुककर उसे देखा-भर है। देखकर कदम आगे बढ़ाए हैं, तो कदम अपने से आगे बढ़े हैं। बायें पैर ने अपने तई यह आविष्कार कर लिया है कि अंगूठे और उसके पास वाली उंगली उस टूटी बद्दी के सिरे को पैर उठाते समय थामे रहती है और चप्पल घिसटकर आगे बढ़ जाती है। इससे यह होता है कि पैर के उठते समय पिंडली की लम्बी नस बुरी तरह तन जाती है और दूसरा कदम उठाने से पहले सारे पैर में एक हलकी-सी कंपकंपी होती है, लेकिन जो हो, आगे बढ़ने में कोई रुकावट नहीं होती है। सीढ़ियां उतरते मैंने खुद सूना कि चप्पल में से दो तरह की आवाज़ें आ रही हैं, एक तो चप्पल के अगले हिस्से के घिसटने की, दूसरे चप्पल के पिछले हिस्से के चटाक्-से गिर जाने की। दोनों आवाज़ें जब शीघ्रता से एक-दुसरे में से निकलकर भागती-सी लगीं, तो कभी कहीं सुनी किसी आवाज़-सी वह मिलजुल गईं-शायद नाई की दुकान पर उस्तरे पर धार की जा रही थी या किसी फिल्म में...पता नहीं। चलते हुए मैं आसपास देखता जा रहा था कि कहीं कोई मोची दिख जाए तो कील लगवा लूं। पासवाले बस-स्टाप पर खड़ा होकर सोचने लगा टैक्सी से ही जाना चाहिए क्योंकि बस से गए तो इस चप्पल के कारण खासी तकलीफ उठानी पड़ेगी। बस से उतरकर वहां तक पहुंचने में भी इस चप्पल के साथ घिसटते हुए ही फासला तै करना होगा। कुछ और आगे बढ़ूं तो दोनों

सम्भावनाएं हैं कि कोई मोची मिल जाएगा या कोई टैक्सी दिख जाएगी। दो कदम आगे बढ़ा तो पाया...स्टाप पर खड़ी लड़कियों का ध्यान मेरी चप्पल की आवाज़ ने बंटा लिया है। घिसटने की आवाज़ तो बेमालूम भी थी और बर्दाश्त भी की जा सकती थी, लेकिन उस घिसटन की पिछलग्गू जो चटाक्क की आवाज़ होती थी, वह यह बतलाती जाती थी कि कोई टूटी चप्पल वाला आदमी गुज़र रहा है। इसमें बुरा लगने या परेशानी महसूस करने की कोई बात नहीं थी, लेकिन उन लड़कियों के चेहरों पर मुझे देख यह भाव आ गया कि 'देखो-देखो विचारे की चप्पल टूटी हुई है...' उनके इस भाव ने मेरी शिथिलता दूर कर दी। टूटी हुई चप्पल के बारे में कुछ सोचने की बजाय मैं अपने ही बारे में सोचने लगा। शायद कुछ सोचता या बहुत कुछ सोचता, लेकिन सामने से बस आती दिख गई। मैं बहुत तेज़ी से आगे बढ़ा और बस में चढ़ गया, झपाटे से बस का हैंडिल पकड़ते यह लगा था कि कहीं चप्पल नीचे ही न रह जाए, लेकिन मैंने पाया कि जैसे टूटी हई बद्दी के सिरे को बायें पैर का अगूंठा और उसके पास की उंगली थामे हुए है, वैसे ही पगथली में भी कोई शक्ति आ गई है कि उसने जैसे उस टूटी हुई चप्पल को अपनी छाती से चिपका लिया है। एक निश्चिन्त अहसास मेरे मन में आ गया था कि अब जो भी हो, यह चप्पल चाहे कहीं से भी टूट जाए, मेरे पैर से अलग होकर गिर नहीं सकती।...

बस में बैठने को जगह थी ही नहीं। हैंडिल पर हाथ साधे मैंने टूटी चप्पल वाला पैर एक जगह जमा लिया था। और वैसा करने से मेरे पैर को बड़ा आराम मिल रहा था। एक तरह से अब मैं सारा ज़ोर अपने उस पैर पर दिए ही खड़ा था, जो चप्पल घसीटने के कारण पिण्डली पर दर्द करने लगा था। ज़ोर का धक्का आता, फिर भी मैं पैर को वैसे का वैसा ही जमाए खड़ा था, लेकिन अगले स्टाप ने मुझे विचलित कर ही दिया। मैं आगे झुक बाहर देखने लगा था कि उतरना कहां है, इतने में बस रुक गई। दूर तक एक जैसी हुगली चली गई है इसलिए कहीं भी उतरा जा सकता है, यही सोच मैं आगे बढ़ा था। उतरनेवालों में कुछ औरतें, कुछ बच्चे भी थे इसलिए कण्डक्टर विशेष तत्परता से

बोला था—'छेले मेये... आस्ते'। मैं उतरनेवालों में था ही, जब वे औरतें और बच्चे उतर लिए तो मेरा पांव आगे बढ़ा। पैर आगे बढ़ाते ही मैं लड़खड़ा गया क्योंकि टूटी हुई चप्पल पहनकर चलने का एक अपना सधा हुआ अन्दाज़ होता है और जल्दी में मैं फुर्ती से पैर उठा गया था...कहीं उस बिन्दु पर बस झटके से स्टार्ट हो गई होती, तो मैं औचक से नीचे जा गिरता, क्योंकि पांव बस रुकने के क्षण एकदम बाहर कूद जाने के आदी हैं और आज सहसा पगथली चप्पल को अपने से चिपकाए रखने के लिए प्रतिबद्ध हो गई है। लेकिन मेरी लड़खड़ाहट को कण्डक्टर ने घबराहट में बदल दिया, वह ड्राइवर की तरफ देखता बोला था—'लंगड़ा आदमी है, ज़रा धीरे...' उन्हीं लड़कियों ने मेरी तरफ देखा था, जो यह यथार्थ जान चुकी थीं कि इस आदमी की केवल चप्पल टूटी है, यह लंगड़ा नहीं है। इस बात की बात में मैं बस से नीचे था और एक गुर्राहट छोड़ती जब बस आगे बढ़ गई तो मैं स्वस्थ हो गया। वैसे किसीने भी मेरी चप्पल की तरफ नहीं देखा था, लेकिन यह बात अपने-आप में मुझे विशेष कष्ट देने लगी कि इस चप्पल के कारण कण्डक्टर ने मुझे लंगड़ा घोषित कर दया दिखलाई। मैंने जेब से रूमाल निकालकर गरदन पर आया पसीना पोंछा। इतने में खासा पसीना आ गया था। आगे बढ़ा तो पता चला मैं पहले स्टाप पर ही उतर गया हूं। मुश्किल से पचास कदम इस तरफ उतरा था, लेकिन इस चप्पल को घसीटते चलने के अहसास ने उतनी-सी दूरी को सामने फैलाकर मुझे डरा दिया। वही घिसटन और चटाक्क...वही घिसटन और चटाक्क...। मैं तेज़ चलने लगा। तेज़ चलने से आवाज़ तो बढ़ गई, लेकिन टूटी चप्पल को घसीटने की अनुभूति कम हो गई। इस राहत से मैंने साचा—आगे जो थोड़ा-सा रास्ता है, उसे दौड़कर ही क्यों न पार कर लूं कि परेशानी दूर हो जाए।...चप्पल पर से मेरा ध्यान तभी हटा जब मैंने तख्ता पुल की बाईं तरफ वाली बैंच पर उसे बैठा देख लिया। वह अपने हाथ में बुनाई लिए थी। ऊन का गड्डा बहुत छोटा था और वह उलटे फन्दे मार रही थी। मैं एक मिनट रुका और आगे बढ़ने में बेहद आहिस्ता हो

लिया। पैर उठा, घिसटन हुई और प्रतीक्षित चटाक्क के लिए जैसे डरते हुए मैंने हरक़त की। चाहता यह था कि मैं उसके बिलकुल पास चला जाऊं, उसके बाद ही उसे मेरा आना मालूम हो तो बेहतर हो, नहीं तो फिजूल ही चप्पल की बात निकल पड़ेगी और...।

अगले कदम वाली घिसटन ने मुझे पकड़ा ही दिया मगर। वह चौंक गई। उसे फन्दा खींचते यह लगा था कि दबे पांव कोई उसकी तरफ पीछे आ रहा है। मैं दबे पांवों आगे नहीं बढ़ा था, क्योंकि वैसा करने का कोई सवाल भी नहीं उठता। अब वह बचपन नहीं रहा, जो कभी मेरी जवानी का गुण था और वैसे भी दो बरस में हम दोनों एक दूसरे के इतने नज़दीक आ गये हैं कि दबे पांव वाटर-गेट पर बैठी लड़की के पीछे चुपके से जाना हास्यास्पद न भी लगे, लेकिन उम्र से बहुत पिछड़ा हुआ तो लगता ही है।

'अरे, ऐसे चुपचाप मेरे पीछे आ गये कि मैं तो चौंक गई थी।' वह बैठे-बैठे ही बोली, और ज़रा खिसककर अपने पास जगह बनाने लगी। मुझे लगा कि चलो यह एक तरह से अच्छा ही हुआ जो इसने देख लिया, नहीं तो तीन-चार कदम आगे बढ़ाने में और चप्पल का संघर्ष सहना पड़ता। मैं कदम उठा ही रहा था कि वह अगला वाक्य बोल दी, 'क्यों ? दुख हो रहा है इस बात का कि पीछे से आकर मेरी आंखें बन्द नहीं कर सके ?...'

मैं चेहरे पर मुस्कान ले आया, कुछ बोला नहीं, लेकिन जैसे ही यह खयाल आया कि मुझे इसके सामने तो एक बदले हुए आदमी के संजोदा ढंग से पेश आना था, मैंने चेहरा ढीला कर लिया, उससे मुस्कान की जगह कुछ ऐसा भाव आ गया जैसे उसकी बात मुझे अच्छी नहीं लगी है। ...

'वहीं क्यों खड़े हो; पास क्यों नहीं आते भई ? मैं तुम्हारे लिए चॉकबार लाई हूं। मुझे बड़ा अजीब लगा कि उसने चॉकबार उठा कर मुझे दिखाए भी। क्या यह अब भी समझती है कि मैं वही पहले वाला आदमी हूं और मुझमें कोई अन्तर नहीं आया है, जबकि मैं सिर से पैर तक बदल गया हूं। मैं इस बात से सहसा परेशान हो गया कि इन चप्पलों ने मेरा गलत मूल्यांकन करवा दिया। यह तो अच्छा हुआ कि

वह चॉकबार ही लाई, कहीं पापकार्न ले आती तो ? मैं तो यही सोचे था कि नपे-तुले शब्दों में उससे बात करूंगा, हर बात में कोल्ड दिखाई दूंगा और उसे यह अहसास करवा दूंगा कि उसने अपनी शादी करवाकर बहुत बड़ी ग़लती की है। मैंने कहने के लिए एकाध ऐसा वाक्य भी बना रखा था कि तुम्हें अपने पति की सेवा में ही अपना कल्याण समझना चाहिए। 'कल्याण' शब्द पर मैं रुक गया था, सोचता रहा था कि कल्याण की जगह लाभ, भला या हित में से कोई शब्द बोलना ही ठीक होगा। मैं उसके साथ ऐसा कुछ नहीं करना या कहना चाहता था कि जिससे उसे कोई भी पहले की बात याद आए और वह यह समझे कि मैं अब तक उसके पीछे हाय-हाय कर रहा हूं। 'कल्याण' मैं अगर बोला तो उसे अपनी छत याद आए बिना नहीं रहेगी। मैं उसे कसकर चूम लेता था वहां, और चुम्बन जड़कर बोलता था, 'जा, तेरा कल्याण हो।...' यह शब्द हमारे रोमान्स में इतना महत्त्व पा गया था कि एक बार जब हम फुरसत में मिल पाए थे, तो सलवार पहनते उसने पूरी तृप्ति से कहा था—तुमने तो मेरा कल्याण ही कर दिया।...

'कहां हो तुम ?' खासा प्रश्न उसने मुझसे पूछा है, लेकिन उठी नहीं है। चेहरे पर खूब प्यार लाकर बोली फिर, 'जानती हूं तुम मुझसे नाराज़ हो। लेकिन हम लोगों ने जो भी प्लान बनाए थे वे साथ बैठकर ही बनाए थे। और अभी भी न मियां मरे हैं, न रोज़े ही टले हैं।...'

मैं उससे कहा करता था अक्सर कि कोई भी काम तब करोगी जब मियां मर जाएंगे...। और इस मरने के आसपास ही सारी बात घूम-घूमकर जा पहुंचती थी। जब ईडन गार्डन में हम पहली बार मिले थे, तो मैं साफ-साफ शब्दों में उससे सब बोल गया था कि मेरी पत्नी से मेरी पटती नहीं है और अगर ज़िन्दा रहना है मुझे, तो उससे अलग हो जाना होगा। मैंने यह भी कहा था कि एक बार मैं रेल से कटकर मर जाने की कोशिश कर चुका हूं। यह भी बतलाया था मैंने कि हर बार मैं भागकर वाटर-गेट चला जाता हूं और अपने आपको हुगली में जा डूबने के बिंदु पर खड़ा पाता हूं। मैंने आत्महत्या की विधियों की चर्चा की थी और कहा

था कि यदि मैं हुगली में डूबा, तो पता नहीं कब मेरी लाश तैरकर पानी के ऊपर आएगी और जाने किस किनारे जा लगेगी वह। फूलकर मेरा चेहरा विकृत हो जाएगा, हाथ-पैर मगरमच्छ खा जाएंगे...। मैंने अपनी आत्महत्या की एक ऐसी तसवीर उसके सामने रख दी थी कि वह पहली बार के परिचय में ही मुझसे सट गई थी। मेरे बालों पर हाथ फिराते उसने प्रामिस लिया था कि मैं आत्महत्या के विचार को अपने दिमाग से निकाल दूं, क्योंकि वह मेरी ज़िन्दगी रोशनी में ले आएगी। मुझे अच्छे से याद है, वह 'रोशनी' शब्द ही बोली थी। उस ईडन गार्डन के अंधेरे में मैंने उसे पहली बार चूमा था और सचमुच लगा था कि मैं बेवकूफ हूं, जो हमेशा मरने की सोचा करता हूं। उस समय मुझे लगा था कि मृत्यु के निर्णय पर मैं जो पहुंच जाया करता हूं, सो वह मेरी आदत में ही आ गया है। हायर सैंकडरी में जब फर्स्ट डिवीज़न नहीं आ पाया था, पी० एस० सी० में जब सिलेक्ट नहीं हो पाया था, शादी के बाद जब पहली रात ही बिगड़ गई थी, न चाहते हुए भी मैं जब पिता बन गया था, तो एक ही रास्ता मुझे दिखा था—मर जाने का रास्ता। लेकिन इसने इतने प्यार से मेरी तरफ देखा है...और इस समय भी देख रही है।

'अब नाराजी छोड़ भी दो।' वह उंठ आई है। मेरी नज़र चप्पल पर से उसके शरीर पर चली गई है। शायद शादी के बाद उसने साड़ी पहनना शुरू कर दिया था। उस दिन की पार्टी के बाद उसे आज ही तो देख रहा हूं। साड़ी बेहद ढीले ढंग से बांधी गई थी। सामने का पल्ला परदे की तरह लटक रहा था। जिस लड़की का आधा दिन कुरते को चुस्त करने में कटता था, वही साड़ी जैसी सुविधाजनक चीज़ पहने है; जिसके शरीर पर दो गज़ की चुन्नी नहीं ठहरती थी, वह इतने बड़े पल्ले को बर्दाश्त किए हुए है। उसने आगे बढ़ जब मेरे कंधे पर हाथ रख दिया, तो मैं समझा कि वह उठ क्यों नहीं रही थी। कोई बात है कि मैं जमा का जमा खड़ा हूं, मैं नहीं चाहता कि मेरी टूटी हुई चप्पल की बात वह जाने भी, वैसे ही वह भी नहीं चाह रही थी कि मैं उसके पेट की तरफ देखूं भी। उसकी उंगलियों को देखने से मुझे लगा कि पहले से दुगना गोश्त उसके शरीर पर चढ़ आया

है। गाल चल निकले हैं, कंधे तक चौड़े हो गए हैं। कालर वाली हड्डी दब गई है। पेट के वर्तुल हो जाने से उसके पांव भारी लग रहे हैं। मैंने हल्के से हाथ हटा दिया। आगे बढ़ा तो चप्पल ने वही हरकत की। मैं चाह रहा था कि एक झपाटे में आगे बढ़ बैंच पर बैठ जाऊं, लेकिन उस जल्दी में टूटी हुई बद्दी खिंच गई। मैंने चप्पल जोर से घसीट ली, लेकिन इस बात ने उसका सारा ध्यान मेरी चप्पल पर अटका दिया। शायद वह डर भी रही थी कि मैं उसके पेट के बारे में कुछ पूछ न लूं, या कोई ऐसा-वैसा कमेंट न कर दूं। बोली वह, 'यह चप्पल कैसे टूट गई !' वह बैंच पर बैठती ऐसे झुकी जैसे चप्पल को उठाकर देखना चाहती हो। मैंने खुद चप्पल को पैर से निकालकर हाथ में ले लिया और ऐसे देखने लगा जैसे उसके मेरे कंधे पर हाथ रखने से ही चप्पल टूट गई हो। मुझे यह बात कहीं अच्छी लगी कि वह यह समझ रही है जैसे चप्पल अभी-अभी टूटी है। यह मैं उसे नहीं बतलाना चाहता था कि चप्पल घर से ही टूटी है और मैं इसी पर घिसटता यहां तक आया हूं। हम दोनों चप्पल का मुआयना करने लगे। मैंने कहा, 'बद्दी खिंचकर निकल गई है।'

'लेकिन कील तो इसमें अटकी हुई है।' उसने चप्पल अपने हाथ में ले ली और बोली, 'ठहरो।' बैग की ज़िप खींचकर उसने चाबी के गुच्छे में लगा हुआ चाकू निकाल लिया। चाकू से वह चप्पल में फंसी हुई कील निकालने लगी। मैंने चाकू और चप्पल उसके हाथ से ले लिये, 'लाओ, मैं निकालता हूं।' मैंने कील की टेक्स में चाकू को फंसाया और उसे ऊपर की तरफ खींचा। वह बोलती जा रही थी, 'जरा ऊपर...हां, इधर...अब कील को खींचो...तुमसे कील-वील निकलेगी...लाओ मुझे दो... ।'

फिर वह कोशिश करने लगी। मैंने अब उसे गौर से देखा। धीरे से बोला, 'अच्छी हो ? दिख तो रही हो अच्छी हो।...'

उसने मेरी तरफ तो नहीं ही देखा, लेकिन उसके हाथ रुक गए—चप्पल हाथ की हाथ में और चाकू कील की टेक्स को खींचता का खींचता... । उतनी ही धीमी आवाज़ में उसने उत्तर दिया, 'ठीक ही हूं और ठीक नहीं होती तो तुमसे मिलने कैसे आती ? क्या तुम्हें पता नहीं चला था

कि मैं आई हुई हूं।...'

'पता चल गया था, लेकिन मैं डरता रहा कि तुम पूछोगी, मेरे पत्रों का उत्तर क्यों नहीं दिया, सो हिम्मत नहीं पड़ी।...'

'या शर्म लग रही थी?' उसने सिर उठाया और हंस दी। उसके चेहरे पर वह हल्की-सी शरारत तैर गई जो उसके चेहरे की पहचान थी। मैं मतलब समझ गया था, इसीलिए वाक्य लौटा दिया यह कहकर, 'तुम्हें शर्म लग रही है क्या?' मैंने उचटती नज़र उसके पेट पर डाली थी और यह पाया था कि बैंच पर हम दोनों के बीच उसका बैग ही नहीं रखा हुआ है बल्कि उसके शरीर का वह उभरा हुआ हिस्सा बैठा हुआ है और हम दोनों को अलग-अलग बांटे हुए है।

"क्या नाम रखे हैं, और न रखे हों तो मैं रख दूं?' उसने चाकू अलग रख, कील को हाथ से खींचना शुरू कर दिया था।

मैं सामने देखने लगा। नहीं चाहता था कि यह बात छिड़े। क्यों नहीं चाहता, इसका कोई निश्चित कारण नहीं था। उस घटना के बाद से एक प्रायश्चित्त का भाव मेरे मन में हमेशा आया रहता है...यही कि हम ज़बरदस्ती बायें-दायें करने में फंसते जाते हैं। लगता है किसी दलदल में खड़े हैं और जैसे-जैसे बाहर निकलने की कोशिश करते हैं, पैर अन्दर धंसते ही जाते हैं। मुझपर से जो आत्महत्या, इसने मुझे प्यार देकर उतार दी, वह पत्नी के गले जा पड़ी। दिन-रात के झगड़े-टण्टों से परेशान होकर मैंने एक दिन पत्नी को सब कुछ साफ-साफ बता दिया था। सलाह इसी ने दी थी कि जैसे ही तुम अपनी पत्नी से मुक्त होओगे, मैं आ जाऊंगी।... मुझे नहीं पता था कि पत्नी ऐसा विकराल स्वरूप धारण कर लेगी। उसने बाथरूम में जाकर मिट्टी के तेल से स्नान कर लिया। माचिस घिस ही रही थी कि मैं जा पहुंचा, नहीं तो जाने क्या नाटक होता। मैंने जब यह किस्सा उसे सुनाया, तो वह मुझसे अधिक परेशान हो गई। घबराकर बोली, 'किसी भी तरह उसकी आत्महत्या बचाओ...किसी दिन वह कुछ कर-करा न ले।' मैं क्या कहता! परेशान बना रहा। उसने कहा था कि वह मेरी पत्नी से मिलेगी। मैंने मना नहीं किया और सच उसने जादू ही कर

दिया। उससे मिलने के बाद रात पत्नी बोली मुझसे, 'ठीक है, तुम उससे दूसरी शादी कर लो। मैं चुपचाप चली जाऊंगी...।' इस वाक्य के साथ पत्नी का स्वभाव इतना अच्छा हो गया, वह मेरी छोटी-छोटी बातों का इतना-इतना ध्यान रखने लगी कि परिणाम में मेरे यहां जुड़वां बच्चे पैदा हो गए, जिनका नामकरण वह करना चाहती है।...एक साथ दो बच्चों का पिता बनने की बात मुझे इतनी अटपटी लगी थी कि तीन-चार दिन मैं मारे शर्म के आफिस ही नहीं गया था।...

'लो, कील तो निकल गई।' उसने कील मेरे हाथ में दे दी, 'लेकिन इसे सीधा करना होगा।'

हम दोनों आसपास देखने लगे कि पत्थर दिख जाए...लेकिन दूर तक कोई पत्थर नहीं दिख रहा था।

'इसे सीधा तो कर लेंगे पर यह ठीक से लग नहीं पाएगी।'

'मैं तो निराश नहीं हुई। अब भी सब चीज़ें ठीक हो सकती हैं।'

'अब क्या ठीक होंगी ?' मैंने कील को हथेली पर चुभाते हुए कहा था।

'क्यों ? ठीक क्यों नहीं हो सकतीं ? यही तो हुआ है ना कि अब मैं आपकी स्थिति में पहुंच गई हूं। आपने मुझे ढूंढ़ निकाला था, तब...तब आप विवाहित और पिता थे, लेकिन उससे क्या फर्क पड़ा था ?...'

मैंने कील को हथेली में उसकी टेक्स के बल खड़ा कर लिया और उसकी तरफ गौर से देखा। वह बीते हुए सब कुछ की याद करती मेरी चप्पल हाथ में लिए बैठी थी, उसकी तरफ देखते ही मुझे लगा कि इस-उस कारण से जो हम रुक जाते रहे हैं या सामने खड़े व्यक्ति की आत्महत्या बचाने में व्यस्त हो जाते रहे हैं, इसने ही हमारी यह हालत कर दी है कि मेरी हथेली में कील सिर के बल खड़ी है और इसके हाथ में टूटी बद्दी वाली चप्पल है। नहीं तो उस दिन ही फैसला बिलकुल हाथ में था। उसके मम्मी-पापा कहीं गए हुए थे और उसने मुझे बुला लिया था, 'आ जाओ ना, ऐश रहेगा।'...मैं चला गया था। हम दोनों ऊपर छत पर खड़े एक-दूसरे की तसवीरें उतारते रहे थे। धूप नरम हो गई थी और वह कार्डिगन उतार मेरे

कंधे पर सो गई थी। पीछे घूमकर मैंने देखा था—चेहरे पर कठोर गुस्सा लिए मम्मीजी खड़ी थीं। मैं बोला था, 'अब पीछे मत हटो, आज फैसला हो ही जाने दो। कह दो, जो भी कह सको।' लेकिन बड़ी-बड़ी बातें करनेवाली यह लड़की एकदम परेशान हो उठी थी—'प्लीज़ नहीं, तुम्हारे हाथ जोड़ती हूं, तुम एकदम भाग जाओ...' मैं सांस रोके तीन तल्ले नीचे उतर गया था। दूसरे दिन उसने मुझसे मिलकर कहा था, 'बड़ी मुश्किल से मैं मम्मीजी की आत्महत्या बचा पाई हूं। वे कल रात गले में मेरे नाम का फंदा लगाकर मर गई होतीं, मैं तो परेशान हो गई थी...।' मैंने उसके चेहरे पर से परेशानी को पोंछते हुए कहा था, 'देखो, हमारी यह मोहब्बत किसी न किसीकी आत्म-हत्या तो करवाकर रहेगी ही।'

उसने मेरे ओंठों पर उंगली रख दी थी, 'यह सब मत बोलो, मम्मीजी को पहले ठीक हो लेने दो, नहीं तो कोई बहुत बड़ा संकट आ जाएगा।...'

मैं मान गया था। मान इसलिए गया था कि मैं अकेला करता भी क्या ?

मेरा शनिवार था। मैंने उसे कहा था, 'आज आ जाओ, ज़रा ऐश रहेगा।' वह बोली, 'आज नहीं, आज तो काम है।' मैं नाराज हो उठा था 'नहीं, आज ही आओ। और नहीं आ सकती हो तो सीधे-सीधे कारण बतलाओ।' वह चुप रही लेकिन जब मैंने ज़ोर से उसे डांटकर कहा, 'तो किसी और से मिलने जाना होगा'—तो वह रुआंसी होकर बोली, 'मैं कल सब बतला दूंगी।' मैंने गुस्से में फोन रख दिया था। दूसरे दिन वह खुद मिली। मैंने व्यंग मारा था, 'अब कौन आत्महत्या कर रहा है ?'

'तुमने जो बात व्यंग से कही है, वह सच है। अब बारी पापा की है। कल एक साहब मुझे देखने आये थे। बेहद बुद्ध शक्ल के और व्यापारी किस्म के। मैंने उनके आते ही रिवोल्ट किया था, लेकिन मम्मीजी ने कहा उन्हें दिख जाने में तो कोई हर्ज नहीं है। मैंने जैसे-तैसे कपड़े पहने और उनके सामने सज गई। देखो, मम्मीजी का एक अहसान मुझपर है ना, कि उस दिन तुम्हें देखकर भी पापा को नहीं बतलाया, नहीं तो पापा मेरी

और आपकी लाश बिछा देते।' वह कहती रही थी—'अब मुश्किल यह पड़ गई कि पापा को लड़का पसंद ही नहीं आ गया है, वे इस ज़िद पर आ गए हैं कि मैं हां कह दूं। मैंने अगर मना किया तो इन्कार सुनकर ही पापा का हार्टफेल हो जाएगा या वे निश्चित ही कुछ और कर लेंगे। उन्होंने कह दिया है कि यह मेरी नाक का सवाल है।'

... उत्तर में मैं कुछ नहीं बोला था, लेकिन मेरी चुप ने साफ यह कह दिया था कि 'ठीक है, नाक बचाओ और जन्म-भर नाक ही बचाती रहो।...

उस दिन का वातावरण आज के तनाव-सा ही जानलेवा था। उसने हाथ में रखी चप्पल नीचे पटकते कहा, 'मैं पत्थर ढूंढ़ती हूं।' वह उठी और आगे रेल की पटरियों की तरफ पत्थर खोजने चली गई।

मुझे यह लगा कि अरसे से मेरी चप्पल टूटी हुई है और इसी तरह मैं उसे हाथ से लिए, कील हथेली में रखे, पत्थर की तलाश कर रहा हूं। उस दिन उसने साफ-साफ कह दिया था, 'भई पापा का हार्टफेल बचाना ही होगा। मैं शादी कर लेती हूं और केवल दस दिन में तलाक की बात सामने ले आऊंगी।...वाक्य सुन मैं चौंक गया था, 'देखो, हम लोग अगर दिन-रात इसी तरह इन्वाल्व होते रहे ना, तो ज़िन्दा रहना मुश्किल हो जाएगा। यह कैसे हो सकता है कि तुम शादी कर लोगी और फिर मेरे पास आने के लिए तलाक ले लोगी ? इस देश में क्या तुम समझती हो कि यह सब खेल है ?'... उसने मेरे कंधे पर हाथ रखकर कहा था, 'इसमें परेशान होने की कोई बात नहीं है। मेरी जिससे शादी हो रही है, वह सरासर बुद्धू और गधा आदमी है, मैं उसके साथ चार दिन नहीं रह सकती। देखो, हर किसीकी आत्महत्या बचाने के लिए मैं कोशिश करती रही तो पापा के लिए तो मुझे कुछ करना ही होगा।'...

'लो पत्थर मिल गया। देना कील।' उसने कील मेरे हाथ से ले ली और उसे ठोककर सीधा करने लगी। मेरी तरफ उसने देखा और यह सोचा कि जब तक कील सीधी हो तब तक दो-चार वाक्य ही हो जाएं,

वह बोली, 'तो अब क्या सोचते हो ?...'

उसका यह वाक्य पानी में कंकड़ की तरह गिरा...सामानान्तर लहरें बांहों में से खुल-खुलकर आगे बढ़ने लगीं...पता नहीं, कील सीधी हुई थी या नहीं, मेरी आंखों के सामने पत्नी का कामकाजी चेहरा त्यौरियां बदलता आ खड़ा हुआ, जुड़वां बच्चे एक दूसरे से लिपटकर पाखाना करने लगे और बड़ा बेटा लड्डू धम्म-से मेरे पेट पर ऐसे आ कूदा कि मेरी सारी आंतें सिकुड़कर कुण्डली हो गई... घबराकर मैं उठा और उसके कंधे पर मैंने हाथ रख लिया, 'जो हुआ अब तक, वह सब ठीक है।..'

मेरे इस वाक्य से वह डूबकर अभिभूत हो गई। बहुत आहिस्ता उसने मुझे छूकर देखा, 'तुम्हें मुझपर विश्वास करना चाहिए। देखो, मैं तुम्हारे पास तक पहुंचने के लिए ही यह सब करती रही हूं। मैंने तुम्हें खत में लिखा ही था कि जो पति मुझे बुद्ध और गधा लग रहा था, वह बहुत भावुक आदमी है। उसने मेरे लिए ज़िन्दगी के बेहतर से बेहतर मौके छोड़ दिए। वह मेरी गोद में लेटकर बच्चों की तरह रोया है। तुम नहीं जानते हो, अगर मैं तब उससे अलग होने की बात उठाती ना, तो वह स्लीपिंग पिल्स खाकर सो जाता। मेडिसिन का जो मालिक हो उसके लिए वैसी गोलियां पाना मुश्किल नहीं।...

'मुझे तुम्हारी हर बात पर विश्वास है।' मैंने पत्थर उसके हाथ से ले लिया और दाएं-बाएं देख उसे चूम लिया...एक मिनट में गुज़रे हुए रोमान्स का पुनश्च बजने लगा था। वह उसी तरह अन्दाज़ में मुस्करा दी। मैं कील सीधी करने की कोशिश कर रहा था और उसने बुनाई हाथ में ले ली थी। एक फन्दा मारकर बोली, 'मेरा जी तो यही चाहता है कि अब लौटकर नहीं जाऊं। क्या होगा लौटकर ?'

कील की नोक टूट गई थी। मैंने सोचा, इस कील को अब फेंक देना ही मुनासिब होगा, लेकिन उसके अर्थहीन प्रश्न ने मुझे परेशान कर दिया था। मैं बोला, 'अब ही सही। अब हम सीधे चल दें, और जो हो उसे भोगें।...'

'अरे !' वह मुस्कराई। मुझे अजीव लगा, वह चौंकने के बजाय

मुस्कराई क्यों ? मैंने उसकी तरफ देखा तो वह बुनाई को रोकती बोली, 'यह परेशानी दूर हो ले।' उसकी आंखें हल्के से नीचे झुकी थीं, 'यह समझो कि चार महीने में मुक्त हो जाऊंगी। अगर अभी ही लौटकर आ जाऊं तो मेरे ससुर का बेन-हेमरेज हो जाएगा। उनके प्राण मेरी भरी हुई गोद देखने में ही अटके हैं। पति की अब कोई परेशानी नहीं। उनके दिमाग से उस लड़की का भूत उतर चुका है जिसके कारण वे डिजेक्टेड थे और मेरी गोद में सिर रख-रखकर रोते रहते थे। यूं भी वे व्यापारी आदमी हैं और विवाहित जीवन की सारी फार्मेलिटी निबाह चुके हैं...'

मैंने कील पर पत्थर मारा था तो कील का सिर भी टूट गया। वह ज़बान पर आए वाक्य को तोड़कर बोली थी, 'तुमने कील ही तोड़ दी। अब यह लग भी नहीं पाएगी।'

'चलो।' मैं उस कील के टूट जाने से आज़ाद हो गया था। जब तक उस कील को ठोककर चप्पल ठीक करने की बात दिमाग में थी, मैं परेशान था।

'चलें क्या ?' उसने पूछा नहीं था जैसे कहा था। मैं 'चलो' फारिग होने के भाव से बोला था—वह कील के प्रति था, उसका सहसा उठ जाने से कोई ताल्लुक नहीं था...लेकिन फिर भी मैं उठ ही गया।

मैंने चप्पल पहनी तो महसूस किया कि कील को खींचकर निकालने के चक्कर में उसने बद्दी को और अधिक तोड़ दिया है। पहले बायें पैर का अंगूठा और उसके पास की उंगली उस टूटी हुई बद्दी को अपने गिरफ्त में ले लिया करती थीं, अब वैसा नहीं हो पा रहा है। अब सारी चप्पल को पगथली पर घसीटना ही पड़ेगा। मैंने थोड़ा-सा वैसा चलने की कोशिश की भी। एक बात ज़रूर अच्छी हुई, बद्दी के और अधिक उखड़ जाने से, कि अब केवल धिसटन बाकी रह गई है, वह जो चटाक् की आवाज़ होती थी, उससे राह-चलते लोगों का ध्यान खिंचता रहता था। अब केवल घिसटने की आवाज़ होगी और यह इतनी एकरस और बोर होती है कि कोई भी घूमकर आवाज़ की तरफ आंखें नहीं ले जाएगा। मैंने यह भी महसूस किया कि पहले मैं जिस ढंग से चप्पल को ढो रहा था, उसमें

विशेष तकलीफ होती थी, उस चटाक् आवाज़ से पहले मेरी पिंडली की नस तन जाती थी और पैर कांपने लगता था, अब केवल पगथली पर ज़ोर पड़ रहा है और चप्पल को ढोने का भार जैसे पंजे और एड़ी पर आ गया है।

'वही प्रामिस करो।' उसने टैक्सी में बैठने के बाद शीशा उतारकर मेरा हाथ थामकर कहा है।

मैं उत्तर देने की बजाय उसकी तरफ देखता ही रहा। हम दोनों ही किसी एक चीज़ से कतरा रहे थे। अन्दर ही अन्दर हम दोनों के मन में यह कोशिश चल रही थी कि कोई खास बात सामने न आ जाए। बहुत बड़ा कैनवस था हमारे पास जैसे, लेकिन अब वह चप्पल की कील बनकर रह गया था। पिछले दो नहीं, उनकी जगह दस साल भी होते तो उस ओवरकोट की तरह फिजूल जाते, जो कभी पहाड़ पर काम आया था और अब गर्म मौसम में किसी काम का नहीं रह गया है।

'बोलो !' मुझे चुप देख उसने मेरा हाथ दबा दिया है। टैक्सी वाले ने बोर होकर स्टेयरिंग को रूमाल से पोंछना शुरू कर दिया है।

'क्या बोलूं ?' मैंने हाथ हटाया तो नहीं, लेकिन उसे निर्जीव बना रहने दिया। मैं ऊपर की तरफ देखने लगा था और सोच यह रहा था कि चुपचाप अपनी चप्पलें यहीं कहीं छोड़ जाऊं, जैसे लोग नाजायज़ बच्चे छोड़ छाते हैं, और इस तरह नंगे पैर चल दूं जैसे मैं चप्पल पहनकर आया ही नहीं था।

'तुम वह प्रामिस नहीं कर सकते मुझसे ?' उसने मेरा हाथ छोड़ दिया और उस कारण उसका चेहरा तन गया।

'सब प्रामिस ही प्रामिस है !' मेरे चेहरे पर कोई उदासी या निराशा नहीं थी लेकिन बोलने के ढंग में यह ज़रूर था कि अब यह बकवास बन्द करो। यह कहने को भी मन हो रहा था कि ग्लुकोज़ के इन्जेक्शन ले लेना...या आशीर्वाद देने की भी इच्छा थी कि भगवान करें तुम्हारे यहां भी जुड़वां बच्चे पैदा हों...लेकिन ऐसा बोलने में अपने चेहरे को ज़बरदस्ती मुस्कराने का कष्ट देना पड़ता, सो तपाक से बोल दिया, 'अच्छा...सी यू

अगेन ... ।'

टैक्सी चली गई, तो मैंने अपने-आपको अपमानित महसूस किया। वह यही प्रामिस लेती कि तुम कभी आत्महत्या नहीं करोगे। मैं यह भी बरदाश्त नहीं कर सकता कि कोई सोचे, मैं ऐसे थूकने-छींकने जैसे कारणों को लेकर मरने बैठूंगा। मैं इससे मिलने ही नहीं आता, तो अच्छा होता। वह सोचती है कि मैं मर जाऊंगा—इससे ग़लत मेरा असेसमेण्ट और हो क्या सकता है...मैं कोई बच्चा हूं जो आत्महत्या कर लूंगा...कोई पागल हूं जो असम्भव चीज़ के लिए ज़िद करूंगा मैं कोई बेवकूफ हूं उसके पतिदेवता की तरह, जो उसकी गोद में सिर रखकर अपने असफल प्रेम के लिए टेसुवे बहाऊंगा...मैंने कोई ठेका लिया है कि हर आदमी को खुश करता फिरूं...यह मेरी जिम्मेवारी नहीं है और न ही मेरा सामाजिक दायित्व ही है कि मरने वालों के अन्देशे से मैं अपना खाना-पीना तक छोड़ दूं ! ! ! ...टैक्सी बहुत दूर चली गई थी, लेकिन मैंने अपमान से जलते हुए फिर महसूस किया कि वह मुझे चपत मार गई है। एक क्षण पहले मैं तटस्थ था, आया तब चुप बना रहना चाहता था, फिर आवेश में कुछ और मन में आया था, उसके जाते मैं अपमानित हुआ और इस क्षण मैं गुस्से से उफन रहा हूं।...मैं तेज़-तेज़ चलने लगा। चप्पल उसी तेज़ी से मेरे पैर के साथ घिसटती जा रही थी। यही किया न इसने कि कील निकालने का अहसान कर और उस कील को सीधा कर लेने की सलाह देकर कील का सिर तुड़वा दिया, कील की नोक तुड़वा दी।...

मैं लगभग दौड़ने लगा। अगर धीमे चलूं तो टूटी हुई चप्पल को घसीटने में बड़ा श्रम लगेगा, लेकिन जितना तेज़ चलूंगा चप्पल में अगले कदम के लिए उतनी ही शक्ति अपने से भर जाएगी और चलना आसान हो जाएगा। घिसटने की आवाज़ शोर में बेमालूम-सी हो गई थी। मैं उसी तैश में सड़क पार करने के लिए दौड़ा था—रेड लाइट एकदम खुल गई थी और अपनी दौड़ पर आती हुई एक के पीछे एक लगी कारों को देख, सारे झटके से मुझे ब्रेक लगाना पड़ा था। मैं तो किसी तरह रुक गया लेकिन मेरी टूटी हुई चप्पल अपनी ही शक्ति से मेरे पैर में से एकदम

निकली और तीर की तरह बीस कदम उस पार, गूज़रनेवाली किसी भी कार से पहले, सड़क लांच गई। तभी एक के पीछे एक कारों की रैली गुज़रने लगी थी और मैं चमकती आँखों से प्रतीक्षा कर रहा था कि रेड लाइट बुझे तो उस पार जाऊँ।...

पुत्र

महीपसिंह

जी, मैं गौरमिन्ट कालेज हिसार में फ़िज़िक्स का प्रोफेसर हूं।... आपने प्रोफेसर सन्तराम शर्मा का नाम सुना होगा...हिस्ट्री की किताबों के लेखक...जी हाँ... जी हाँ...आपने भी उनकी किताबें पढ़ी हैं ?... एक ज़माने में तो उनकी लिखी किताबों की सभी यूनीवर्सिटियों में तूती बोलती थी। अब तो उनकी नकल करके और भी सैकड़ों लोगों ने हिस्ट्री की किताबें लिख मारी हैं...जी हां...पर वह बात कहां... ? जी, मैं उनका लड़का हूं। पिताजी तो रिटायर हो गए हैं। यहीं राजौरी गार्डेन में उन्होंने अपनी कोठी बना ली है !...पर मैं हिसार जैसी जगह में पड़ा हूँ। आप पूछेंगे, भला मैं भी दिल्ली क्यों नहीं आ जाता ? क्या यहां किसी कॉलेज में मुझे जगह नहीं मिल सकती ? अब आपको क्या बताऊँ... मैं अपनी बड़ाई नहीं करता...पर दिल्ली में मेरी स्टेटस का फिज़िक्स का प्रोफेसर आपको शायद ही कोई मिले। मेरी जितनी क्वालीफिकेशन्स भी यहां कितने लोगों की हैं ! चौदह साल का तो मेरा एक्सपीरिएन्स हो चुका है। मैंने बनारस हिन्दू यूनीवर्सिटी से एम० एस-सी० किया था। सन् बावन में। फर्स्ट क्लास आया था मेरा। पर क्या होता है फर्स्ट क्लास लाने

से ? कई साल मैं लगातार दिल्ली के कॉलेजों में अप्लाई करता रहा। वे ले लिए गये जो बिल्कुल नये थे, जो मेरे सामने कहीं नहीं ठहरते थे। मुझे नहीं लिया गया, क्योंकि मैंने कोई सोर्स नहीं लगाया, कोई सिफारिश नहीं भिड़ाई। मैं तो जहाँ भी कॉन्टेस्ट करता हूं, सिर्फ अपनी मैरिट पर करता हूं।

आप तो जानते ही हैं कि मेरे पिताजी नेशनल रेपूटेशन के प्रोफेसरों में से हैं। दिल्ली के कॉलेजों के बहुत-से प्रिंसिपल उनके पढ़ाए हुए हैं। उनकी तो इतनी इज्जत है कि वे मुझे कहीं भी फिक्स-अप करा सकते हैं। पर शायद आप मेरे पिताजी को पूरी तरह नहीं जानते। वे बड़े कट्टर सिद्धान्तों के आदमी हैं। वे मुझसे कहते हैं, तुम मुझसे एक लाख रुपया ले लो, पर मुझसे कहीं सिफारिश करने को न कहो। यह काम मैंने अपनी सारी ज़िन्दगी में कभी नहीं किया।...उनके एक इशारे पर मैं किसी नेशनल लेबोरेटरी में बड़ी आसानी से लग सकता था। पर नहीं, ज़िन्दगी में यह काम उन्होंने कभी किया ही नहीं। न किसीकी सिफारिश की, न किसी...की सिफारिश मानी। अपने पिताजी की बात मैं आपको क्या बताऊँ... उनके जैसे कैरेक्टर और मॉरल एन्टीग्रिटी के आदमी आज दुनिया में शायद दो-चार ही हों। यह बात मैं इसलिए नहीं कह रहा हूं कि वे मेरे पिता हैं। यह बात तो वे सभी लोग मानते हैं जिनका उनसे वास्ता पड़ा है। आपको एक मज़ेदार वाकया सुनाऊँ। जब वे रोहतक गौरमिन्ट कॉलेज के प्रिन्सिपल थे, एक बार एक आदमी पंजाब के किसी सीनियर मिनिस्टर का एक सिफारिशी खत लेकर उनके पास आया। पिताजी ने उस आदमी के सामने ही वह खत फाड़कर रद्दी की टोकरी में फेंक दिया और मिनिस्टर के नाम एक नोट लिख दिया—मेहरबानी करके मेरे काम में दखलन्दाज़ी न किया कीजिए।

आप क्या समझते हैं, वे किसी यूनीवर्सिटी के वाइस-चान्सलर नहीं बन सकते थे ? ये जो आपको आजकल बहुत-सी यूनीवर्सिटियों के वाइस-चान्सलर दिखाई देते हैं, ये सब मेरे पिताजी से बहुत जूनियर रहे हैं। कुछ तो उनके स्टूडेण्ट भी रहे हैं। पर मेरे पिताजी ने कभी ऐसी बातों

की परवाह नहीं की।

अब देखिए, मैं किसी नेशनल लेबोरेटरी में काम करना चाहता हूं। फ़िज़िक्स से मुझे बहुत दिलचस्पी है। आई लव फिज़िक्स। एक बार मैंने नेशनल लेबोरेटरी में अप्लाई किया। मैंने डायरेक्टर से कहा, मैं कुछ भी काम करने को तैयार हूँ। आप कहिए तो फ़र्श साफ कर सकता हूं, झाड़ू लगा सकता हूं। मैं तो देश की सेवा करना चाहता हूं। पर साहब, मैं तो रिजेक्ट कर दिया गया और किसी लंजू-पंजू को रख लिया गया। आप देखिए, विदेशों में वैज्ञानिक प्रयोगशालाओं में अठारह-अठारह घंटे काम करते हैं। पर हमारे यहां क्या होता है ? आपको चमचमाते हुए फर्श नज़र आ जाएंगे, बड़ी-बड़ी बिल्डिंग नज़र आ जाएंगी। लेकिन उनके अन्दर काम रत्ती-भर नहीं। लोग कैन्टीनों में बैठे चाय-समोसे उड़ाया करते हैं। भला ये काम वैज्ञानिकों के हैं ? देश का करोड़ों रुपया बर्बाद हो रहा है ...शियर वेस्टेज...बिग नेशनल वेस्टेज।

....

....

अच्छा। आपके कॉलेज में फिज़िक्स की एक वेकेन्सी है ? पर क्या होगा अप्लाई करने से ? मैं जानता हूं, मैं नहीं लिया जाऊंगा। मैं कोई नाजायज़ काम तो कर नहीं सकता। मुझसे यह हो ही नहीं सकता। मैं क्या करूं ? और यहां लोग अपनी ही यूनीवर्सिटी के अपने ही विद्यार्थियों को लेना चाहते हैं, जो हमेशा उनके चमचे बने रहें...हा-हा-हा...भाई मैं तो खरी बात कहने वालों में हूं। मेरे पिताजी भी हमेशा खरी बात कह दिया करते थे। वे तो प्राइममिनिस्टर तक की परवाह नहीं करते थे। आखिर क्यों करते किसीकी परवाह ? अपने लिए उन्होंने कभी किसीसे कोई फेवर नहीं चाहा। उनकी सारी ज़िन्दगी शिक्षा और अध्ययन को समर्पित रही। वे रिटायर हो गए हैं, पर अभी भी कभी उनकी दिनचर्या आप देखिए...मैं कहूंगा इस उम्र में भी वे हम-आपसे दुगुना काम कर लेते हैं। बस आप हमेशा उन्हें लिखते या पढ़ते हुए पाएँगे। लिखने-पढ़ने से जब थोड़ा थक जाते हैं तो कुछ देर बागबानी कर लेते हैं। या थोड़ी रदे के

लिए सो जाते हैं। जब चाहते हैं उठकर फिर लिखने लगते हैं। आप मानेंगे नहीं, कड़ाके की सर्दी की रातों में, जब हमारा मन बहुत ज़रूरी काम के लिए भी लिहाफ से निकलने को नहीं करता, वे बड़े मजे से उठकर अपनी मेज़ पर लिखने बैठ जाते हैं। आप पिताजी के कमरे में जाकर देखिए... किताबें ही किताबें नज़र आएँगी। लाखों रुपया उन्होंने किताबों पर खर्च कर दिया है।

....

....

जी हां, आपकी बात तो ठीक है। दिल्ली के ग्रेड हिन्दुस्तान-भर में सबसे अच्छे हैं। फोर्थ प्लैन में और भी रिवाइज़ होने जा रहे हैं। पर आप देखिए, उस समय कितना बुरा मालूम पड़ता है जब मेरे जैसा आदमी, इतनी सुपीरियर क्वालीफिकेशन्स रखता हुआ और इतने साल की सर्विस के बाद, इंटरव्यू में उनके साथ एपियर हो जो अभी लौंडे हैं। आप सोचिए, यह बात कितनी फ्रस्ट्रेट करने वाली है। पिछली बार की बात आपको बताऊँ। दो साल हुए, मैं एक इंटरव्यू के लिए दिल्ली आया। बीस आदमी इंटरव्यू के लिए बुलाए गए थे। हेड ऑफ द डिपार्टमेंट ने एक-एक सवाल पूछकर, बस दो-दो मिनट में हमें भुगता दिया। फिर उसने अपने ही एक चमचे को रख लिया। जो रखा गया था, क्या बताऊँ आपको, मेरे सामने अभी वह छोकरा था। इंटरव्यू से पहले अपने दोस्तों के साथ चाय-पकौड़ियाँ उड़ा रहा था। जानता था कि ले तो लिया ही जाऊंगा। पर मैं दावे से कह सकता हूं कि फिज़िक्स किसे कहते हैं, इसकी उसे रत्ती-भर भी तमीज़ नहीं थी।

मैं तो दिल्ली आना ही नहीं चाहता हूं। यह शहर मुझे कतई पसन्द नहीं। कभी-कभी आने की बात तो मैं बस इसलिए सोच लेता हूं, क्योंकि यहाँ हमारा अपना मकान है। अपना मकान न हो तो कोई मुझे हज़ार रुपया महीना तनख्वाह भी दे मैं यहाँ न आऊँ। ओफ...कितनी भाग-दौड़ है इस शहर में ! एक जगह से दूसरी जगह जाना हो तो सारा दिन लग जाता है। घण्टों खड़े रहो, बस नहीं मिलती। और बसों की धक्कम-धक्का...

बस भगवान बचाए। मेरे जैसा डिगनीफाइड आदमी तो उसमें चढ़ ही नहीं सकता। और बसें जो धुवाँ छोड़ती हैं वह सेहत के लिए कितना बुरा है ! वह भी जगह क्या रहने काबिल है जहां आदमी अच्छी तरह साँस भी न ले सके ? आप तो लिट्रेचर के आदमी हैं, पर मैं तो साइन्टिस्ट हूं। धुएँ और गुबार से भरी शहर की गन्दी हवा का स्वास्थ्य पर क्या प्रभाव पड़ता है, मैं अच्छी तरह जानता हूं। हिसार चाहे छोटी जगह है, पर है बहुत अच्छी। न भीड़-भाड़, न चिल्ल-पों...आप बता रहे थे न, उस दिन आप चांदनी चौक से अपने घर तक टैक्सी में आए और छः रुपए लग गए...हा-हा-हा 'बहुत लम्बी लाइन थी बस की, खूब धक्कम-धक्का था... हा-हा-हा। बस यही तो मुसीबतें हैं बड़े शहरों की। पता नहीं लोग बड़े शहरों की तरफ क्यों भागते हैं ? सच बात तो यह है कि आप एक दिन में आने-जाने पर छः रुपये खर्च कर देते हैं। इतने तो हम साल-भर में भी खर्च नहीं करते। बस साइकिल उठाई और कॉलेज पहुंच गए। घर आये और पढ़ने-लिखने में डूब गए।...मुझे तो बस एक ही शौक है...अध्ययन का। ज़्यादासे-ज़्यादा पढ़ना चाहता हूं। खेल-तमाशे का मुझे कोई शौक नहीं, बनाव-सिंगार की कोई लालसा नहीं। पिताजी कहते हैं, इन्सान इन सब चीज़ों के लिए नहीं पैदा होता।

कभी-कभी पत्नी बहुत ज़िद करती है तो साल-छमाही उसके साथ सिनेमा चला जाता हूं...हा-हा-हा क्या बताऊँ...मुझे वहाँ जाते ही नींद आ जाती है...बड़े मज़े से सो जाता हूं। मैंने तो शादी होते ही अपनी पत्नी से कह दिया था, तुमने एक प्रोफेसर से शादी की है—एक स्कॉलर से। मैं तुम्हें वैसी ज़िन्दगी नहीं दे सकूंगा जैसी एक सरकारी अफसर दे सकता है। यहाँ तो त्याग का जीवन है—लाइफ ऑफ डेडीकेशन...। देखिए मेरी तनख्वाह है करीब चार सौ रुपये। पर मैं वहां मकान का किराया देता हूं, अस्सी रुपये। मतलब यह कि अपनी तनख्वाह का एक बड़ा हिस्सा मैं मकान के किराये पर खर्च कर देता हूं। मैं चाहूं तो दो-तीन कमरों का अच्छा-खासा मकान चालीस-पचास रुपये में ले सकता हूं। मेरे कालेज के दूसरे प्रोफेसर ऐसे ही मकानों में रहते हैं लेकिन मेरा इतने छोटे मकान में

गुज़ारा नहीं हो सकता। मेरे पास बेहिसाब तो किताब हैं। मैं बीस-पच्चीस हज़ार रुपया इनपर खर्च कर चुका हूं। छोटे मकान में मैं अपनी किताबें कहाँ रखूगा...आप ही बताइए... ?

आप इस मकान का क्या किराया देते हैं ? दो सौ रुपये ? कितनी जगह है ? दो कमरे और एक किचन ?...बस्स...दो सौ रुपये में दो कमरे और एक किचन... ? जितना बड़ा मेरा मकान हिसार में है उतना बड़ा तो यहां चार सौ में भी नहीं मिल सकता।

पर साहब, ग्रेड को लेकर कोई चाटे ? यह ठीक है कि चौदह साल की सर्विस के बाद भी मुझे सिर्फ़ चार सौ मिल रहे हैं और दिल्ली में एक लेक्चरार शुरू ही करता है लगभग छः सौ से...यहां इंक्रीमेन्ट भी वहां से बहुत ज़्यादा है। पर हिसार जैसी शुद्ध हवा यहां कहां है ? वह तो यहां सैकड़ों रुपया खर्च करने पर भी नहीं मिल सकती।

और दिल्ली में रहने का मतलब है कि आपके पास आपका अपना कन्वेएन्स हो। यहां अपना कन्वेएन्स रखना कितने ज़ोखिम का काम है ! बेहिसाब तो यहां एक्सीडेन्ट्स होते हैं। आपके पास तो अपना स्कूटर है न ? पर स्कूटर भी भला कोई सवारी है, जिस पर सर्दी में ठंड लगती है, गर्मी में लू लगती है और बरसात में आदमी बुरी तरह भीग जाता है। आदमी के पास हो तो अपनी कार हो... पर कार हमारे देश में कितने लोग रख सकते हैं। मेरे पिताजी इसी लिए कार नहीं लेते। चाहें तो चार-चार कारें खरीद सकते हैं, पर नहीं। कहते हैं, कार रखकर आदमी जान की जोखिम क्यों पाले ? और साहब, कार से अमीरी झलकती है। मेरे पिताजी इसके बहुत खिलाफ हैं। भई, हमारी तो बनावट ही कुछ दूसरी तरह की है। हम दोनों भाइयों पर पिताजी का बहुत असर है। यह बात कुछ कम गौरव की नहीं है कि हम लोग प्रोफेसर सन्तरामजी के पुत्र हैं।

पिताजी ने जब कोठी बनवाई तो उनके एक पुराने विद्यार्थी ने, जो उस समय दिल्ली टेलीफोन्स का जनरल मैनेजर था, कोठी पर टेलीफोन लगवा दिया। पिताजी ने दो महीने के अन्दर ही उसे उतरवा दिया। आप पूछेंगे, क्यों ? हा-हा-हा...पिताजी ने कहा—यह मेरे पढ़ने-लिखने में

बहुत बाधा डालता है...जब देखो किर्रररररर, जब देखो किर्रररररर। लोगों को जब यह पता लग गया कि पिताजी के पास टेलीफोन है तो उन्होंने उन्हें बहुत तंग करना शुरू कर दिया। कोई कह रहा है इस सभा की अध्यक्षता कीजिए, कोई कह रहा है इस सेमीनार का उद्घाटन कर दीजिए...पिताजी इससे बहुत परेशान हुए।...मैं भी जब चाहूं हिसार में टेलीफोन लगवा सकता हूं। पर, फिर मुझे भी ये सब मुसीबतें उठानी पड़ेंगी। दिखावा हमें बिलकुल पसन्द नहीं है...इसीलिए हमें सफर भी करना पड़ता है।

एक बार की बात आपको बताता हूं। आप देख ही रहे हैं, मैं सादा लिबास पसन्द करता हूं—धोती, कुर्ता और चप्पल। चाहे क्लास में जाना हो या किसी गवर्नर के बाप से मिलना हो, मैं अपनी यह वेशभूषा नहीं छोड़ता। एक बार एक इंटरव्यू के बाद उस कॉलेज के एक प्रोफेसर बोले, 'आपकी पर्सनलिटी कुछ इम्प्रेसिव नहीं थी।' मैंने कहा, 'दिल्ली विश्वविद्यालय में मेरी नियुक्ति हो, चाहे न हो, मैं अपने रहन-सहन के ढंग में तो कोई परिवर्तन नहीं करूंगा। पहनूंगा हमेशा धोती-कुर्ता। दाढ़ी हफ्ते में सिर्फ दो बार बनाऊँगा। फिज़िक्स पढ़ाता हूं तो क्या हुआ ?'... आप ही सोचिए, जो लोग सूटों की छटा दिखाने, बूटों को चमकाने और रोज़ अपनी दाड़ी खुरचने में ही अपना समय बर्बाद कर देते हैं, वे भला पढ़ें-पढ़ाएँगे क्या, खाक ?

अब देखिए, हिसार में इस बात को कोई नहीं पूछता। आप लोगों का बहुत-सा पैसा तो यहाँ सिर्फ शान-शौकत में ही खर्च हो जाता होगा। हर सर्दी में आप नये सूट बनवाते होंगे। गर्मियों में टेरेलीन की बहार चलती होगी। घर को भी खूब टिप-टाप रखना पड़ता होगा। पर हमारे यहां यह सब दिखावा नहीं है। वहां तो सिर्फ दो-तीन जोड़ी कपड़े हों तो मज़े से काम चलता रहता है।

....

....

अच्छा...अब आज्ञा दीजिए...आपका बहुत समय ले लिया।

....

हाँ-हां, मुझे हिसार जाने वाली बस मिल जाएगी...शाम तक घर पहुँच जाऊँगा।

....

आप क्यों तकलीफ करेंगे...मैं चला जाउँगा...खैर यदि आप स्टेशन की तरफ जा ही रहे हैं तो मुझे बस के अड्डे तक पहुंचा दीजिए। पर देखिए...स्कुटर ज़रा धीरे चलाइएगा। स्कूटर पर बैठने में मुझे बहुत डर लगता है।

....

....

थैंक्यू वेरी मच ! माफ कीजिएगा...आपको बहुत तकलीफ दी "हां" मुझे बस मिल जाएगी...छूटने में अभी पन्द्रह-बीस मिनट बाकी हैं...।

....

सुनिए-वो-ओ-ओ-आप कह रहे थे न—कि आपके कॉलेज में फिज़िक्स की एक वेकेन्सी है...क्या आप मेरे लिए कुछ कर सकेंगे ? आप कहेंगे, अपनी बड़ाई करता हूं, पर यह बिलकुल सच है कि इस देश में इस विषय को मेरे जितना जानने वाले लोग दो-चार ही होंगे। मैं टॉप के लोगों में से हूँ...जैसे मेरे पिताजी हिस्ट्री में टॉप के लोगों में से हैं...। जो कॉलेज मुझे रखेगा, कम से कम फिज़िक्स में तो उसकी रेपूटेशन को कोई पा नहीं सकता।...सुना है प्रिन्सिपल आपकी बात बहुत मानते हैं...आप ज़रा उन्हें मेरे बारे में बताइए। एक्चुअली ही शुड इनवाइट मी टु ज्वाइन हिज़ इन्स्टीट्यूशन...आप उनसे बात कीजिए... अच्छा जी...धन्यवाद...धन्यवाद...मैं आपको हिसार से पत्र लिखूंगा... उत्तर दीजिएगा... नमस्कार...।

खण्डित कथा

सुदर्शन चोपड़ा

मोहन के यहाँ आया हुआ हूं। इतवार है। कई दिन बाद आया हूं। इस मकान में रह चुका हूं। अड़ोस-पड़ोस के कमरे वालों से भी जान-पहचान के कई रिश्त कायम हो चुके हैं।

कई तल्ला मकान है। एक-एक तल्ले में कई-कई कमरे। हर कमरे में एक-एक घर। एक-एक घर में कई-कई जने।

सामने वाले में बलराम बाबू। खासी वाकफ़ियत है। आज भी मिलने आया था। पैंतालीस के आस-पास है। एक फ़र्म में सेल्समैन। बीवी मिड-वाइफ। बेटी टाइपिस्ट। साथ-साथ प्राइवेट कालेज में पढ़ती भी है। सरो नाम है।

सरो से भी मेरी अच्छी पहचान है। जब यहां रहता था, तब भी कई बार बातें हुई थीं। इस बीच भी अक्सर टकरायी है चौरंगी में। साथ बैठकर चाय-बाय भी पी है। मिलनसार तबीअत की है। मुझे आया देख आज भी इधर हो गयी है।

यहाँ के किसी घर के किसी जने का कुछ भी, किसी घर के किसी सदस्य से छिपा-लुका नहीं है। बिपिन की बहन का सोम के बेटे

से मेल-जोल है। पी० टी० मास्टर की बेटी की चौधरी बाबू के बेटे से सांठगांठ है। पत्रकार समीर का भी सरो से कुछ है। बलराम को पता है। मुखर्जी ने अपनी विधवा बहन को कई बार शामलाल के साथ एस्प्लेनेड घूमते देखा है...

"अरे भई मोहन, वह पूर्णा का चक्कर तो अब ठीक-ठाक हो गया कि..."

"हाँ-बाँ, कब का! बलराम की बीवी ने ही अबार्शन कर दिया था!"

"चलो, खैर, अच्छा हुआ। वरना यार, कैसे तो बेचारी नौकरी करती, किस तरह छोटे-छोटे भाई-बहनों को संभालती!"

"आज खाने-पीने की छुट्टी रहेगी क्या!"—भाभी मोहन को नहाने की याद दिला रही है।

एब बजने वाला है और मोहन अभी तक बिस्तर से नहीं हिला। मैं भी उसीके साथ लेटा हुआ हूं। एकदम सण्डई मूड में।

"अरे भई, खा लेंगे। रोज तो अफरा-तफरी में निगलते हैं। हफ्ते में एक दिन तो खाने को भी हमारा इन्तज़ार कर लेने दो!"

"मैं तो इसलिए कह रही थी कि वक्त से निपटकर ज़रा डाक्टर के यहां हो आते। फिर चाहे पसरे रहना दिन-भर। कोई नहीं टोकेगा!"

और मोहन उछलकर उठ पड़ा है—"अरे, मैं तो भूल ही गया था!"

"क्यों भई, डाक्टर की तलब क्यों हो आयी? खैरियत!"

"दीपा का चेक-अप कराना है!"

"कोई होप!"

"देखो, शायद कोई तुक्का लग ही जाए। अपनी तरफ से तो कोई बात न रह जाए। आगे उसका मुकद्दर!" -

"डैफ ऐण्ड डम्ब इन्स्टिट्यूट में भी कोई एक अमेरिकन स्पेशलिस्ट आने वाला था न!"

"हाँ, दिखा चुके हैं उसे भी। बेकार!"

"तो फिर यह कोई खास डाक्टर है जिससे तुक्का लगवाने जा रहे

हो !"

"सुना तो है !"

दस साल की होने को आयी है दीपा। मोहन की इकलौती सन्तान। गूंगी भी, बहरी भी। माँ-बाप की बात सुन नहीं पाती।

साँझे बरामदे में बलराम के दोनों छोटे लड़कों—जग्गी और ब्रिज के साथ बैठी खेलती हुई दीपा, उनसे कुछ कह भी नहीं पाती। संकेतों में ही अपनी बात कह रही है। ब्रिज और जग्गी जितना कुछ पकड़ पाते हैं, पकड़ लेते हैं, बाकी की कोई खास ज़रूरत भी नहीं, शायद खेल बदस्तूर और निर्विघ्न चल रहा है। लूडो बिछाए बैठे हैं। साँपों और सीढ़ियों वाली। सांप के मंह वाले खाने में अगर गोटी पहुंच जाए तो तुरन्त पूंछ तक नीचे सरक जाना पड़ता है। सीढ़ी की पहली पैड़ीवाले खाने में आ पहुंचने से एकदम ऊपर वाली पैड़ी तक जा पहुंची। वरना तो बस एक-एक, दो-दो करके खाने रेंगते चले जाओ।

"यार, यह लूडो कितना बढ़िया प्रतीक है लाइफ का !"—मैं बिस्तर पर लेटा-लेटा ही पास बैठे मोहन से कह देता हूं।

मोहन शेव बना रहा है। आइने में देखता हुआ ही टेढ़ा मुंह बनाए-बनाए पूछता है—"कैसे !"

"सांपों और सीढ़ियों का ही तो खेल है यह ज़िन्दगी !"

"मगर, गुरु, सांप ही ज़्यादा होते हैं इसमें !"

"पर उसके मुंह में पहुंचकर पूंछ तक आ गिरने में भी एक थ्रिल है। एक-एक खाना टापते जाने जैसी बोरियत से तो बेहतर !"

भाभी नीचे बैठी कंघी कर रही है। टूटे वालों का जाला कंघी के दाँतों में जमा हो जाता है तो निकालकर उंगली के गिर्द लपेट लेती है। छल्ला-सा बनाकर पैर के अंगूठे तले दबा देती है।

मोहन अपना शेव का सामान समेटकर साबुन-तौलिया ले नहाने चल दिया है। कई घरों का साझा बाथ-कम-लैट्रीन। सुबह दस बजे तक तो क्यू लगानी पड़ती है। राशन शॉप की तरह।

भाभी जूड़ा बाँध रही है। दोनों बाँहें ऊपर उठाए तन कर बैठी हुई है। दाँतों में पिन दवे हुए हैं। एक-एक निकाल-निकालकर जुडे में खोंसती

जा रही है। सामने वाले कमरे में बलराम लेटा हुआ सिगरेट पी रहा है।

"बाबूजी, जरा..."—सरो हाथ में कपड़े लिए बदलने को खड़ी है। बलराम करवट मोड़कर दीवार की ओर मुंह फेर लेता है। सरो मैला साड़ी-ब्लाउज़ उतारकर चुस्त सलवार-कमीज पहनने लगी है।

कलकत्ता में अभी इस लिबास का उतना रिवाज नहीं हुआ है जितना उत्तर भारत के अन्य शहरों में। दिल्ली तो इस तरह की चुस्ती में लीड कर रही है। कलकत्ता शायद ड्रेस के मामले में भी उतना ही कन्जरवेटिव है, जितना चिन्तन और साहित्य के क्षेत्र में। बैक-बटनी स्कर्टई कमीज़ और जिप्पी पाहुंचों वाली कसी सलवार तो खैर बहुत बड़ी बात है, यहाँ तो स्लीवलैस ब्लाउज़ और उल्टे पल्लू वाली साड़ी पहने भी कोई इक्की-दुक्की ही दिखती है। शरद और रवीन्द्र की पात्राओं के टाइप ही अधिकतर दिखाई देते हैं।...आधी आस्तीन वाले पूरा पेट ढके ब्लाउज, सीधे पल्लू वाली ढीली-फूलती साड़ियाँ, सिन्दूर-उड़ेली चौड़ी-लम्बी माँ-आँ-ग। माथे पर गोल बिन्दी। आँखों में काजल। भरी माँग के प्रदर्शन का फैशन तो यहाँ सोनागाछी तथा नाइट-बारवालियों तक में है।

सरो ने अपनी पीठ-पीछे बीचों-बीच बटनों की लम्बी कतार में के दो-चार तो अपने-आप बन्द कर लिए हैं। कमर से ऊपर वालों के लिए पिता के सामने पीठ करके खड़ी हो गई है,—"बाबूजी-ई..."

बलराम ने खींच-खाँचकर टिच-टिच कर दिए हैं,—"इतनी तंग की क्या तुक है, भई ! एक मुसीबत है पहनना-उतारना भी !"

सरो के खम एकदम उभर आए हैं। मैं कुछ अनईज़ी हो आया हूँ। भाभी ताड़ गयी है। पर मुसकरा-भर के रह जाती है। अंगूठे तले से बालों के छल्ले उठा-समेटकर बाहर कूड़े के कनस्तर में फेंकने चली गयी है।

सरो आइने के सामने खड़ी स्नो लगा रही है। आँखें मूंदें। माथे और गालों पर से फिसलती-फिसलती उगलियाँ गले तक आ जाती हैं तो मेरा गला खुश्क होने लगता है। सरो ने इधर ताका है। तकलीफ हो आयी है। वह मुसकरा दी है। कट गया हूं। सिगरेट सुलगाकर मोहन के नहाकर

लौटने का इन्तज़ार करने लगा हूं। मगर ये लोग परदा क्यों नहीं टाँगते अपने कमरों के किवाड़ों पर। किसीकी असुविधा का रत्ती-भर भी ध्यान नहीं।

सरोपफ के साथ गाल थपक-थपककर पाउडर की हलकी-हलकी परत जमा रही है। बलराम ने लेटे-लेटे ही सिगरेट का गहरा कश खींचकर ढेर सारा धुआं सरो की तरफ उगल डाला है। बेटो की पूरी आकृति धुंधला गयी है।... फट-अ-क्'...गोया कोकाकोला की बोतल का ढक्कन अलग हो गया हो... छलक आया गैसीय उफान... बोतल के बाहर लिथड़ आयी झाग...सिप्... घूंट...दृष्टि का फैला हाथ...मझौली बोतल की खमदार कमर... ग्रिप...सिप...

भाभी दीपा के कपड़े बदल रही है। दीपा आं-आं, ऊं-ऊं की गूंगी भाषा में माँ को कुछ कह रही है। मां हाँ-हाँ, न-न करती जाती है। मेरे पल्ले कुछ नहीं पड़ रहा। मोहन अभी नहाकर ही नहीं निकला। क्या कर रहा है!

कोकाकोला की बोतल-सी सरो को देखते ही पड़ा-आ-क्-सी आवाज़ हुई है...किरचें बिखर गयी हैं...झाग का कीचड़ फैल गया है। सरो आई-ब्रो पेन्सिल से भवों के खत संवार रही है।...उर्दू का चार अंक बनाते हुए नितम्ब...पूरा जिस्म गोया कूल से सिर पटकती हुई कोई बौखलाई लहर...फुदक्क मछली की मानिन्द मेरे अन्दर से कुछ उछलकर सरो के समन्दर में डाइव...छप्प्।

वह अपने ओठों के बीच लिपस्टिक की लाल छोटी छड़ फिरा रही है। ओठ पर ओठ की मसलनें। क्यूपिड स्टाइल लिप्स बनाते समय ऊपरी ओठ पर ज़रा-सा कोना फैल गया है। रूमाल का एक छोर तर्जनी पर लपेटकर पोंछ डालती है।

मैं लेटा-लेटा ही खाट की पाती पर औंधा हो गया हूं। बांह नीचे लटकाकर सिगरेट का जलता एण्ड फर्श पर मसल कर बुझा डाला है। "भाभी, तुम एक ऐश-ट्रे क्यों नहीं लाकर रखतीं!"

"याद ही नहीं रहता। बात यह है न, ये तो पीते नहीं। जब कभी कोई आता है तब याद आती है। बाज़ार जाती हूं, फिर भूल जाती हूं!"

और मैं बुझा दुर्रा फेंककर उगलियां छाड़ने लगा हूं। मोहन को ऐश-ट्रे की ज़रूरत क्या है। उसे तो सिगरेट के सुलगते एण्ड बुझाने नहीं होते।

चित होते ही फिर तलब लग आयी है। नई सिगरेट निकालकर सुलगा ली है।

सामने सरो। चेहरे को इस-उस एंगल पर करके आइने में देखती हुई मेकअप को फिनिशिंग टच दे रही है। ओ० के० की आश्वस्ति उभर आयी है। स्टेनलेस स्टील की चमक और पुख्तगी। एकदम चमचम ठोस।

स्टील की उस ऐश-ट्रे में अपने सिगरेट का रेड-हॉट एण्ड ठूंसकर मसल-बुझा देन चाह उठा हूँ कि वह अपनी दोनों हथेलियाँ कूल्हों के पीछे फेरकर कमीज़ की शिकनें निकालने लगी है। मेरे भीतर के सी में टाइड उठ आई है। कूल्हों के कगार पर उफन बिछी है।

भाभी दीपा के बालों में रिबन बांध रही है। मोहन ने कमर पर लपेटे तौलिए से कँधा पोंछते हुए कहा है,—"अब तुम खाना लगा दो, मेम साहब। ज़ोरों की भूख लगी है। बनाया क्या है आज ? जरा भाई की खातिरदारी का खयाल भी रखा है न ? हफ्तों बाद पकड़ाई में आया है, साला। खासी खातिर कर दो इसकी। यह भी क्या याद रखेगा। बड़ा बिगड़न्त हो गया है। चौरंगी के बड़े चक्कर काटने लगा है। रंग लाएगी यह चौरंगी-बाजी एक दिन।...हाँ, तो म्या, क्या रंग-ढंग हैं तुम्हारी चौरंगियों के !"

"फाका-मस्त हैं !"

"बड़ी फांकी-बाज होती हैं, ज़रा बच के रहना !"

"जनरल ओपीनियन मत बोलो !"

"तो पर्सनल ओपीनियन कुछ नई बनी है क्या !"

मोहन पर गुस्सा आ गया है—गधा है, साला, कूढ़। घर के डस्ट-बिन का कूड़ा। डस्ट-बिन-आदम, आदमी मार्स तक से टकराने जा रहा है...और इसे फ्लैश से टकराने में भी रिस्क दिखता है।

और वह मेरी बाँह पकड़कर उठा लेता है। खाना नीचे चटाई पर लग चुका है। भाभी सलाद की प्लेट में लोमू निचोड़ रही है। अपने

कमरे की दहलीज़ पर आती हई सरो का ऊंचा स्वर सुनाई दिया है,— "हा, बाबूजी, मां कह गई थीं, शाम को देर से आऊंगी, कोई केस है उनका !"

"और तुम्हारा !"—बलराम की आवाज़ में ताना है। और इतने फासले से भी मुझे बाप की नज़रों की तेज धार कैंची बेटी की कमीज़, ब्रेजियर, सलवार और अण्डरवियर तक लीर-लीर करती हुई लग रही है। अधखड़ बाप जवान बेटी को सबके सामने नंगी करके उसके जिस्म पर कुढ़न की गरम सलाखें दाग रहा हैं।

और मैं साफ देख रहा हूं कि बेटी के चेहरे पर लाल-लाल चकत्ते उछल आए हैं। इन्हें देखते ही बाप को कैंचीली निगाहों के फल क्रिंच्च की आवाज़ के साथ एकदम मूंद गए हैं।

और सरो 'हं-ह्' कहने की अवहेलती मुद्रा में गर्दन झटककर सैंडिल टिकटिकाती चल दी है—लश-लश करती हुई...फ्लैश के फ्लैश फेंकती हुई।

और बलराम के पराजित पिता का पूरा पितापन झल दी गई मक्खी की तरह भिन्न-भिन्न होता पड़ा रह गया है।

"यार मोहन, कैसा रहे अगर दुनिया-भर के बाप गूंगे हो जाएं, और औलाद बहरी !"

खुरे पर बैठा कुल्ला करता हुआ मोहन कोई उत्तर नहीं देता। भाभी जूठे बरतन समेटती हुई कहती है—"भाई साहब, बहरी औलाद तो भगवान किसी को न दे !"

मेरी चुप्पो से वह अवहेलित न हो, इस खयाल से थोड़ा मुसकराकर कह देता हूं—"मगर भाभी, गूंगे बाप सबको दे !"

"ना आ, नाआ, भाई साब, ऐसा मत कहो। मुसीबत तो फिर भी वही रहेगी। न औलाद को कुछ कह पाए, न अपनी बात समझा पाए !"

"वही तो बढ़िया रहेगा !"— मैं भाभी को और चक्कर में डाल देता हूं।

मगर वह गोया मेरी बुद्धि पर तरस खाती मुद्रा में गर्दन को हलका-सा झटका देकर कह देती हैं—"उंह, बढ़िया रहेगा ! बढ़िया

क्या पत्थर रहेगा ! हमारे ही यहां देख लो न ! कितना माथा फोड़ना पड़ता है !"

मैं थोड़ा और मुसकरा दिया हूं—"आप और मोहन भी गूंगे होते तो काहे को इस बेचारी पर भी चिल्लाते !"

मोहन बात को मज़ाक में टाल देता है—"हां-आ, साले, तेरा बस चले तो दुनिया-भर के बापों की ज़बानें खिचवा फेंकने का नादिरशाही फरमान जारी कर दे !"

"और दुनिया-भर के जवान लड़के-लड़कियों के कानों में खौलता हुआ स्टील चुआ दूं !"

"हां, हिन्दुस्तान के स्टील-प्लांट्स का इससे बड़ा उपयोग और क्या हो सकता है !"

मोहन ने तो, हालांकि सिर्फ शब्दों को स्पिन करने की खातिर ही यह कह डाला है, पर मुझे लगा है कि बहुत बड़ा सूत्र बोल गया है।

एक घण्टा बीत गया है। तीन बजा चाहते हैं।

कुछ करने को मन नहीं। सोने को भी नहीं। चित लेटा-लेटा छत के बूढ़े पंखे की कांखें सुन रहा हूं। बरामदे में ब्रिज और जग्गी बस्ते फैलाए बैठे स्कूल का काम निपटा रहे हैं। बलराम चित लेटा सिगरेट-पर-सिगरेट कूं के जा रहा है। मूड आफ लगता है। वरना इधर आ जाता या उधर बुला लेता।

दरवाज़े के सामने से गुज़रती हुई पूर्णा की नज़र मुझपर पड़ गई है—"अरे, आआ-प !"

"आओ, पूर्णा !" उठने का उपक्रम करने लगा हूं।

"कब आए !"

"सुबह ही !"

"पता ही नहीं चला ! ये लोग कहां गए !"

"दीपा का चैक-अप कराने।...और कहो, कैसी हो !"

"ठीक !"...वह मेरे पैताने पाटी पर टिक गई है।

जांघों तले पाटी आ जाने से साड़ी में का मांसल कसाव कुछ फैल गया है। यों भी पहले से स्वास्थ्य काफी निखर आया है, हालांकि एबाशंन

के बाद अक्सर औरतें झटक जाती हैं। रंग थोड़ा गहरा बिस्कुटी है। कद मीडियम है। काफी स्मार्ट। ब्लण्ट भी।

किसी बात पर हम दोनों एक-साथ ठहाका मार उठे हैं। बलराम ने चौंककर करवट इधर मोड़ ली है। बरामदे में बैठे ब्रिज और जग्गी का भी ध्यान हमारी तरफ खिच आया है।

"वे लोग क्या सोचेंगे! हम वाकई बहत ज़ोर से हंसे हैं!"

"ओ-ओ-ह? डै-ए-म दैम! असल में तो स्टरेलाइजेशन इस बेकार की कान्शसनेस का होना चाहिए। हम हंसें न, वे लोग क्या कहेंगे; हम रोएं न, वे लोग क्या कहेंगे! हम तो फिर जिएं भी न!"

और तुनककर जाती हुई पूर्णा की मस्कूलर वैक मुझे बड़ी लज़ीज लग उठी है। वैक-लैस औरत भी मुझे उतनी ही बकबकी लगती है जितनी कि रोमिल टांगों वाली। और ये दोनों खामियां भी एक बार तो दरगुज़र कर जाऊं मगर किसी फूहड़ अबौद्धिक औरत के साथ होता हैं तो उस समय इस अहसास को कभी झटक नहीं सका कि किसी मादा जानवर के साथ हूं।

और मेरी मैरिड लाइफ की तकरीबन पांच सौ रातें इसी अहसास से लिथड़ी हुई बीती हैं। जबकि ये पांच सौ रातें ही आदमी की ज़िन्दगी के हसीनतरीं हिस्से की होती हैं। अब किसे दोषूं कि मैंने इन्हें बूचर हो जाने दिया?

रोशनदान की राह आती हुई धूप की लम्बी छड़ छत के जाले के नीचे-नीचे ही सामनी दीवार तक खिंच आई है। छड़ में ही ऊपर-नीचे तैरते धूल-कण ग्लास टैंकोंमें तैरती हुई छोटी-छोटी मछलियों जैसे लग रहे हैं। सिगरेट का धुआँ उस छड़ में जा घुसा है। लगता है, मछलियों के तैरने से गोया ग्लास टैक का ठहरा पानी हरकत में आ गया है। जाले के झोल का टूट-लटक गया एक अंश भी रोशनी की छड़ में झूल रहा है। धूल-कणी मछलियां जल में फंस-फंसकर निकली जा रही हैं।...बिजनौर की सूधा...दिल्ली को पम्मी... कलकत्ता की टामी...

...मगर भुनगों को लप्-लप् निगलती हुई छिपकली...मछलियों पर

झटपती हुई व्हेल।

बरामदे में से पास होते हुए मुखर्जी बाबू दहलीज़ में ही रुककर नो-मोस्कार कर रहे हैं—"कैमोन आच्छेन !"

"भालो !"

चले जाते हैं। मैं हलक में खिंचा हुआ कसैला धुआं फू-ऊ-फू-ऊ कर उगल डालता हूं।

सामने ब्रिज और जग्गी बस्ते समेट रहे हैं।

बलराम बदस्तूर लेटा हुआ छत की कड़ियों में अटका हुआ है। उसका सिगरेट वाला हाथ ओठों के करीब है। निकोटीनी फ्लेवर नाक की राह दिमाग तक चढ़ रहा है।

"बाबूजी, भूख लगी है !"—जग्गी ने बड़े लाड़ में पास जाकर कहा है। ब्रिज भी करीब खड़ा कुछ इस अन्दाज़ में बाप की ओर देखने लगा है गोया बिन कहे ही भाई की बात का समर्थन कर दिया हो।

"ठहर जाओ, अभी तुम्हारी मां आ जाएगी !"

बलराम की आवाज़ में तेज़ाबी-सा कुछ है, और अन्दाज़ में झटकई-सा।

कुछ ही मिनट बीते हैं कि जग्गी फिर डुसकते स्वर में भूख का रिमाइण्डर देने आ पहुँचा है।

और बलराम के भीतर गोया कोई कसाई जाग उठा है। उलटे हाथ का एक भन्नाता हुमा झापड़ दे मारा है—"मादर...ज़रा सबर नहीं। रोओ बैठकर मां की जान को। मेरा सियापा काहे को कर रहे हो !"

चपत खाकर जग्गी तो गाल मसलता हुआ रोने लगा है, ब्रिज सहमकर दूर जा खड़ा हुआ है। वलराम करवट मोड़कर पड़ गया है।

और मेरे मन में ऐसे-ऐसे नॉन-वैजिटेरियन विचार उठने लगे हैं कि दिमाग के सेल्स में से कीमा कूटने की आवाज़ आने लगी है। यहां तक सोच जाता हूं कि दमयन्ती के आते ही बलराम उसे घसीटकर एकदम नंगी कर डालेगा...और फिर मा-आ-र, मा-आ-र के बोटी-बोटी उधेड़कर रख देगा...और फिर इन बच्चों को उन बोटियों के ढेर

पर लिटा देगा।

हिंप् हिंप् हिंप्...जग्गी की हिचकियां सुनाई देने लगी हैं।

"पुच्च्...पुच्च...ब-अ-स, अब तो आने ही वाली है मां"—रोते भाई को पुकारते हुए ब्रिज की सहमी-धीमी आवाज़ भी बलराम के कानों में पड़ी है।

और उसके मन के मसूड़ों में से शायद पछतावे का रक्त रिस उठा है। झट से उठकर जग्गी की तरफ बढ़ आया है। जग्गी डरकर दो कदम पीछे हट गया है। ब्रिज भी घबरा आया है।

बच्चों को इस हद तक आतंकित देखकर बेचैन हो आया है। जग्गी को गोद में उठाकर बेतहाशा चूमने लगा है। ब्रिज के भी सिर पर हाथ फेरकर उसे अपनी टाँगों से सटा लिया है। मुंह से कोई बोल नहीं सरक रहा। आंखें डबडबा आई हैं।

मगर बच्चे देख न लें, इस खयाल से अपना चेहरा गोदी उठाये जग्गी की गर्दन की आड़ में कर लेता है, गर्दन घूमने के बहाने।

परन्तु ऐसे में पुच्च की आवाज कुछ इस तरह की निकली है जैसे बन्दूक का कोई फोका कारतूस फट उठा हो।

"कहो, भई, बोर तो नहीं हए !"—मोहन पसीना पोंछता हुआ अन्दर आ रहा है। दीपा आगे-आगे। भाभी पीछे।

"हद कर दी यार, घुझे बांधकर पटक गए यहां। छः वजा दिए। पूरी छुट्टी मर्डर कर दी। इससे तो चेतला में ही पड़ा रहता !"

"अरे, तो क्या फर्क पड़ता है। वहीं कौन-से कद्दू पे तीर चला लेते !"

"क्या रहा इसका !"

"दिखा दिया है। कई सारी एक्सरसाइजिज़ बता दी हैं। कुछ दवाएं भी। मगर मुझे तो लगता है, दुआएं ही करनी पड़ेगी !"

मोहन पैण्ट-कमीज़ उतारकर कच्छे-बनियान में ही मेरे पास बैठ गया है। दीपा अपने बूट-फ्राक उतारकर सिर्फ़ अण्डरवियर में ही बरामदे में भाग गयी है, बच्चों की टोली में। भाभी कोने में खड़ी साड़ो

बदल रही है।

दीपा बरामदे में जग्गी और ब्रिज की टोली में है। बलराम करवट मोडे लेटा हरा है। दयमन्ती आ गई है। पूछ रही है..."सो गए क्या !"

'अँ ! हाँ-आं, नई, यूं ही जरा ऊघ आ गई थी !"—और करवट बदलकर बलराम ने बड़े प्यार-पगे स्वर में पूछा है—"कब आई !"

दमयन्ती साड़ी बदलती हुई कह रही है—"बस, अभी आ ही तो रही हूं। केस बड़ा सीरियस था। देर हो गई !"

और ब्लाउज़ के बटन टिच्-टिच्कर खोल डालती है। खूंटी पर टंगा मैला ब्लाउज़ उतारकर पहनने लगी है। बलरार कुछ इस तरह पत्नी की तरफ तक रहा है, गोया पहली बार किसी औरत को अपने सामने कपड़े बदलती हई देख रहा है।

बाथरूम में शर्राती हुई वाटर-टैप की घार। लेट्रीन के फ्लश की क्लच-क्लच, शूं-ॐॐ... बरामदे में सूलगती अँगीठियाँ और स्टोव उठा-पटका...बातचीत...रेडियों पर आकाशबानी पर कोलकत्ता और विविध भारती... किरासिन के कनस्तरों में चलती कीपें... लैंस्डाउन रोड पर पोक आवर्स का शोर...

दमयन्ती ने स्टोव पर चाय का पानी धर दिया है। दरवाजा नीम उढ़का कर दिया है।

"चाय के साथ क्या लोगे !"

"कुछ भी !"

स्टोव की शूं-ॐ शं-ॐ का शोर कमरे-भर में भर गया है। नीली-पीली लपलपाती लपटें केतली के तले के गिर्द लिपट रही हैं।

दमयन्ती पति के पास आ बैठी है। माथे पर पसीने की बूंदें उभरी दिखाई दी हैं। बलराम ने हाथ बढ़ाकर पोंछ डाली हैं। पत्नी उपकृत दृष्टि से देखने लगी है। बलराम ने अपने दम्यों को बाँहों में धेर कर चूम लिया है। दम्मी अपने बलराम से लिपट गई है—ऐ-सी करेंट के तार की तरह।

स्टक्-स्टक्...स्टक्-स्टक् ...

"सरो आ रहो है, शायद !"—दमयन्ती अपने को खींचकर अलग हो स्टोव के पास जा बैठी है।

बरामदे में से लपककर जग्गी सरो की टांगों में लिपट गया है, 'दीदी, मेरी कापी !"

"ओ-अ, भई, भूल गई। अच्छा , कल सहो। ज़रूर !"

सरो अल्मारी खोलकर किताबें रख रही है।

और बलराम को बेटी की सलवार-कमीज़ पर कुछ ज़्यादा शिकनें दिखाई दे रही हैं। भीतर कहीं आक्रोस-भरा सम्बोधन भी घुमड़ा है—सरो-ओ-ओ-ओ...

मगर पिता को चिंघाड़ का कोई अंश बाहर नहीं चू पा रहा। बलराम हलक में थूक सटककर कह रहा है—'ये बसों की भीड़ जाने कब कम होंगी ! अच्छा-भला कपड़ा एक दिन में भुर्ता बन जाता है !"